世界从心开始

黄冬冬 著

作家出版社

　　黄冬冬　生于中国的大兴安岭，现是温哥华的执业律师。获得武汉大学文学学士、四川外语学院出国英语结业证书、约克大学法学学士、渥太华大学法学硕士和法学博士、鲁迅文学院作家高级研讨班结业证书。是中国边界与海洋研究院客座研究员、武汉大学、青岛大学、燕山大学的兼职教授，加拿大华裔作家协会会员。在中国（大陆、台湾、香港）、加拿大、美国、新加坡的刊物及网络上发表诗歌，已经出版诗集《漂泊的孤帆》《为爱而生》《中国海之歌》。

敬献远见卓识的父亲

献给我终生的恋人

送给黄逅、黄钦、黄朕

送给巾巾、钢钢、艳艳

送给孙军、孙钺、姜源、于然

写于候机楼
——冬冬诗序

加拿大华裔作家、诗人　汪文勤

一

想必那最初的一瞥，起自大兴安岭雪霁的森林。超过一肘厚的积雪垛在松枝上，微风吹过，好像来历不明的叹息，松枝微颤，白银一样的雪花在凋零中再一次绽放，无声无息，落在地上。森林覆盖的大地，享受着雪国的慷慨馈赠，这里是精灵出没的地方，用细细的丝一样的声线哼着歌谣，只有旋律，没有词语。

雪团从枝头垂落，好像芭蕾舞者的足尖，鹅毛一样，柳絮一样，谁曾想，雪团落地的一瞬，在少年冬冬的心头，却好比一声春雷炸响。立春了，惊蛰了，少年的一颗心忽然软了，从此开始缱绻起来。

一场没有预警的早恋来了，为什么一夜之间，山峦起伏，像一脉含着乳香的酮体，冰雪消融的森林边缘，河岸盛开冰凌花，如一弯盛情的眉眼，少年冬冬是羞怯的，未敢久视。少年年少，美却至大至极，是少年携不动的，一颗心就此被俘获。

森林进入盛夏，蘑菇、榛子散发香气，诱人魂魄，小鹿支棱着欲突的茸角，好像两个花骨朵，从河对岸的沧桑雾霭中一头扎过来，站在少年冬冬的心湖边愣怔着，扑面而来的世界让人不得不早早开恋。

五十年代走来的冬冬怎会是例外呢？

大森林的秋天是慵懒和华贵的，树叶慢慢地变色，极度耐心地凋零、伤逝，踩着如毯的大地，少年冬冬的脚下唱着莫名悲伤的歌谣。白桦树上，镶满眼睛，凝望着。少年心头有一条幽径，被一双躁动的脚踢踢踹踹，走走歇歇，踟蹰着，莽原森林，多产思念情怀，更何况小小的深情少年。

冬夜悠长，向北不远，极光在天际狂舞，冬冬低头思忖，那是谁挥舞如椽巨笔，书写狂草，还来不及辨识，又被一口吞没，时间的浪潮壁立，群星蜂拥而至。冬冬看见满天星斗擎着萤火向北云集，那些钻石一样的歌喉，发出明亮的声音，有一股力量附在冬冬身上，从此以后，无歌不欢，宴席不散。

二

接下来是一段暗恋的时间。为稻粱谋，为学业顾，人生最紧要的关头，总有一把神奇的剪刀，咔嚓咔嚓，修剪命运，青春一场，谁不曾唱过骊歌？谁不曾在村头作别过自己心爱的"小芳"。

冬冬是一个被命运青睐的幸运儿，他一路高歌，因着天资聪慧，因着生命里怀揣一团火，一个梦，一段已经开始的爱恋，一次又一次，命运每一次都把他稳稳地送进万人瞩目的"理想国"，武汉东湖边，荆楚文化一番浇灌，黄鹤飞临，江鱼肥白，入夜即有编钟叮咚，远古的韵脚，把一帧又一帧画幅嵌进冬冬的心房。这还不够，接下来是跨越太平洋的游走，横跨北美加拿大广袤的原野，法律条款里找不见韵脚，或者国际法，或者海洋法，冬冬眼里看见的更多的是日影在白令海峡徘徊；南北回归线和赤道，迎迓和送别着春夏秋冬。四季更迭，洋流回转，日头自知沉落。冬冬秉烛夜游，转动的星球，斗转星移，纵横阡陌，一瞬青葱，一瞬金黄。在那些标注一城一池的大圆小圈里，冬冬的眼里闪过一张张青春的脸颊，闪烁的明眸，银铃般的笑声。那一切是冬冬念念不忘的。

从阴森冷峻的法学院的围墙走出来，一次次的幽会，一次次的私奔，落雪的冬日午夜，能听见自己的心跳，听见双脚交替踩踏出恋曲韵歌，还有比这更温暖和销魂的夜吗？但是，顺理成章的是，冬冬从法学院走进了位于温哥华市中心的律师楼。

温哥华，家家都在透明的窗前亲海，这座玻璃的城，盛产浪漫故事，游走在法条和韵脚构成的两个世界之间，冬冬需要非凡的定力，他必须不能把包装上市的公司文本当作《为爱而生》发表；他必须不能在法槌咚咚的庭审现场让表白脱口即出，那对于海洋的礼赞，蔚蓝色的《中国海之歌》，在一桩一件的案件中山呼海啸，歌吟不绝如缕。

若干年以后，读书起家的冬冬，没有变成学究，似乎也听不见他翻书的声音，但见游子的背影，只闻赤子的足音。一曲曲恋歌心曲自冬冬的笔尖飞流直下，不竭不休。

三

冬冬在热恋中，他和他所爱的晨昏相对，从不截流的激情，不加虚饰的道白，无论你在或不在他都在，你听或不听，歌都不眠不休，如山泉涌流汩汩不歇。他什么时候不在唱呢？

"再多的世界都只是风景，唯有你是我不变的缘"；"赤道风可以吹干眼泪，但抹不去心里永久的忧伤"；"街宽不过长岛，自由不过女神"；"第一次知道，我终于贴近了祖国，眼睛放不下远处，风和我一起遥想"。

在这些"太美的时间里"，冬冬成了游吟的歌者，他的歌声已完全褪去青涩和羞怯，变得成熟和坚定，自信满满。

看上去一切都发生在路途中，在候机楼和散落世界各地的酒店房间，那些久别重逢的月台，火车飞驰而过，那些向陌生人扬起和挥舞的手臂；游轮离开海岸，那些悲伤的笑脸，被风高高扬起的头发，地铁口吞吐着人族，行色匆匆的部落，冬冬的脸夹杂其间，那么宁静，又那么孤远，有时又那么喧嚣，"每条胡同都留下了我的脚步，甚至歌声"。一段一段的真情告白，一篇一篇的内心独白，对冬冬而言，整个地球无非是一座公园，谁能阻止他在这里花前月下，山盟海誓呢？每一个邂逅，每一次艳遇，都有诗的动机和目的，"走过太多的山太多的河，我仍把你当作我的星球"。"有一种美丽，遇到青春才闪现，有一种智慧，只有年少才触及。"冬冬在音韵的世界里徜徉，有时像河流，"人也像河流，说走就走"；有时像一种奇奇怪怪的植物，"即使不能开花，也一定要串根，争取在死亡之前，结果"；还有时像风，"因为纵然是风，也有疲惫的时候"。就是这样在一段又一段的路程中，在那些机场，起飞和降落的间隙，时间是定格的，时间又拉阔伸长，若非恋爱当中，谁又会醉心于这起降的颠簸和无尽的跋涉呢？那看不见的伴侣，耳鬓厮磨，卿卿我我的灵魂伴侣，若不是真的存在，谁又敢独身赴这无边无际的人生夜宴呢？

这一次，冬冬爱得痴迷、癫狂，几乎忘记了时间。他追逐、守望、等候，因着这一份痴恋，人生全无孤寂和落寞，更加无所畏惧，他像一个恋爱中的王子，以爱命名，以诗加冕，即使整个世界弃他而去，冬冬亦是自适和自足的，他被自己所爱的纠缠、擒拿，他早已经举手投降，放下了所有的武器。

　　这样的冬冬是极其安全的，他不会永失其爱了，大凡失恋者，都因为耽延在岸上，不肯落水，而冬冬早已被海水完全浸润和包围，被一种爱包围，终究会被爱成全。由此说来，接下来也就不需要嫁娶、盟约、牵手，泪水回到大海，呼吸归隐山岚，骨骼回向山岗，灵魂像云雀飞上晴空。因为一切原本如一。

　　冬冬这样早恋、暗恋、苦恋而今又热恋和痴恋的究竟是谁呢？

　　是诗。

　　这诗，值得人如此这般为她折腰吗？

　　诗，这一沾上就甩不脱、戒不掉的妖精。

　　冬冬当然不是第一个沦陷的，更不是最后一个。

　　《世界从心开始》。

　　这不，说话间，冬冬又开始了。

2017 年 11 月 22 日

上海虹桥机场

　　注：文中诗句均引自冬冬诗集《世界从心开始》。

自序 飞翔的诗

人类不仅要生存，而且要诗意般地栖居。诗是人类精神文化的家园，是人类共同的文化遗产。生命可以消失，但生命的精神必定永存。中国是诗的国度，是人类诗的故乡之一，让我们在充裕的物质生活中，也可以选择诗意的栖居。我们的文化，归根到底，是诗的文化。所有的文化表现形式，都以与诗相连为荣。所以才有由诗而吟成的歌——诗歌、由诗而引出的画——诗画、由诗而填写的词——诗词，由诗而写成的文章——诗文，由诗而表现出的情感——诗情，而最美好的意境是诗意。

这是一部飞翔的诗集，满载美丽和惊喜。诗人以亲身感悟、亲身体验为主线，以优美的文笔，抒发了自己的爱、悟、情。读者对象：具有一定小资情调的驴友、年轻的知识分子、迷失的海归、和漂泊的北漂。《世界从心开始》有三个形式上的风采。其一，每首诗都有题记，讲述了该诗的创作背景。其二，大部分诗都是在旅途中写作的。其三，很多诗都以一个城市为情感和思想展开的平台。

诗是每个人的梦想，是年轻的心追求的方向。花开在浪漫的季节，而浪漫的季节里，一定有诗、有画、有情、有意。如果你的心还年轻，还有梦想，相信你读了《世界从心开始》，一定也会真的想飞翔了，凭着诗的翅膀。

目录

第三辑　飞的梦想

第四辑　诗的栖居

第一辑

夜的斑斓

在赛普雷斯滑雪

　　题记：温哥华这座城市真是奇特，春天有满街的樱花，夏天有不化的雪山，秋天有满城的五颜六色，冬天有白雾下的早晨和夜里开放的滑雪场。

还没有任何思想跟上
就已经从山上滚下
如果不是有柔软的雪地接着
我一定摔掉了下巴

真的想不明白
滚落下来的时候
仿佛滚落下天涯

有些地方叫天涯
却充满了希望的光华
有些地方叫宫殿
却冰冷得一点都不像家

从灯光下飘舞的雪花
总有一种来自天堂的潇洒
没有修炼足够长的我

只有观望这人间的神话

我问了从前的几十年
凌乱的灯光算是回答
到了终点又要上去
怎么记录都是一种连滚带爬

看来我注定要与雪乡为伴
用兴安岭的清扫感染温哥华
为了我心爱的黄逅黄钦黄朕
刀山火海我也无法自拔

我也会走进所谓的天堂
一定会编写更多冬天的童话
决不让卖火柴的小女孩
在雪花中再次倒下

2015 年 12 月 17 日在上海浦东机场候机楼

冬夜下的天安门

题记：来过天安门许多次，然在冬季的夜晚来，则很少进行。在凛冽的寒风中，天安门依然屹立在长安街的中心，俯瞰着往来的车辆和人们，震撼着人们的目光和心灵，抚摸着历史和现实。

龙飞凤舞的华表
检阅着长安街长长的车灯
不需要任何的修饰
这就是一种永恒

远道而来的西伯利亚寒风
无法理解雪花落下的深情
如果情不自禁也是一种情怀
目光一定能够穿越星空

仿佛飘落一个偌大的广场
屹立在心中永远沸腾
里面蕴藏了五千年的能量
和一个永远盛开的梦

像雪花一样盛开
像星星一样晶莹

不论离开你有多么的遥远
始终有来自内心深处的憧憬

只要感受过这夜幕下的寒冷
路过的人们都对你肃然起敬
因为你已经用许多个不平凡的日月
把太多的崎岖和坦途证明

千万别问我什么叫做忠诚
只需停下脚步聆听
静谧的广场加上静谧的城楼
正是此时无声胜有声

2014 年 2 月 7 日从北京飞往温哥华途中

维港之恋

题记：　这是一次意外的旅行。多次来往香港，我从未乘船在夜里游览维多利亚港湾，这是第一次。不论从港岛那边，还是从九龙这边，都积攒了很多历史和情感，都可以产生丰富的想象和期待。

仿佛整个海面燃起火焰
在飘落的银河里行船
你扭动婀娜的腰肢
拥我进入你窈窕的港湾

好似来自皇宫的昭君
一看就非同一般
你虽然来自南海之滨
我一定在塞外等你入眠

不知是你眩晕了灯光
还是灯光蓄意制造了灿烂
反正海上已经是五颜六色
足以令我再次青春再次初恋

行进在你的中间
如同走进你创造的花园

我只是一朵无名的小花

却也和你一起争奇斗艳

不知夜色为何如此多情

播出一缕缕如丝如卷的黑暗

把你培养成出水芙蓉般的美丽

而它宁愿永远是沉默的岸

白天你把一切都给我

而夜晚你又让我做所有的梦幻

即使我是变形金刚

也可以在你这里施展

我完全无法停止吟唱《东方之珠》

更阻止不了一曲曲爱的波澜

唯一可以

我可以用封冻的青春

等你到永远

我张开所有的感官

为了捕捉你释放的每一滴潋滟

你用不断拍打船舷的波涛

送出一阵阵的妙不可言

纵横交错的街景

完成了我童年的心愿

再多的世界都只能是风景

唯有你是我不变的缘

2011 年 8 月 13 日从香港飞往北京途中

夜逛王府井

题记：从 2001 年起，由于多伦多证券交易所两家上市公司在山东临沂和湖北宜昌的投资项目，我有机会经常住在王府井的几家高级宾馆，如王府饭店、和平宾馆、丽苑公寓、王府井大饭店、华侨大厦、天伦王朝饭店、北京饭店。我几乎成了王府井的季节性居民，吃遍了各种风味的餐厅，购买了许多商品。每条胡同都留下了我的脚步甚至歌声。

如果不是准备了若干年
我绝不会像迷路的蜜蜂
飞吻每一个敞开的窗口
询问晚风怎样变成春梦

青石铺展着从前
店铺把灯火招揽
百年的街道
我今天才体验步行

没有你的日子如冰
即使在炎炎的夏日
我还是感到寒冷
请你说给我
在夜深的隆冬

不想等待不想矜持

不想让心永远飘零

花了四分之一世纪才明白

再温暖的春天

也需要爱来播种

就如早晨假定着晚上

月亮假定着太阳

什么时候

我才能进入你的假定

2006 年 6 月 8 日从宁波赴北京途中

夜上海

题记：我第一次来上海是 1986 年。她最后一次来上海是 2000 年。这期间，我们经历了潮水般的相处、人民公园里的等待和如外滩一样的变迁。她飞走了，而我却留下来了，仿佛这就是我们的命运，如彩虹，好看但摸不到；如铁轨，相互知道，永远并行。

不是为了长长的外滩

你飞来的时候

我还在等待

熙攘的淮海路

眼神一直寻觅到跑道

刚好遇上降临的夜幕

还未走进城市

你已经涂好路标

指引浪漫的主题

威士忌涌流的夜晚

迷惑了太多的少男少女

即使在最窄最深的里弄

也闪烁着霓虹灯

里面跳动的音乐

伴奏着你前面的高跟鞋

引导落单的我

你撩起衣角
眼睛把地面琢磨
借来一缕晚风
吹乱仍在矜持的我
只有满月下的外白渡桥①
知道我乱成了什么

从那以后
存下了一个印记
再美的地方
也不是上海
也画不出外滩
也创造不出有你的夜色

2006 年 6 月 10 日乘东航 MU581 号航班从上海赴温哥华途中

.

---

①外白渡桥是黄浦江上一座历史悠久的桥，承载了许多近代现代的事件。

走进昆明的夜晚

题记：为多伦多一个上市公司在德宏的金矿勘探项目，曾数次造访云南。太美的天，太美的云，太美的花，太美的人，太美的时间。云南的一切都使人着迷，流连忘返，时常想念。

本不需要坠落那片浮云
尘埃却悄悄飘落发梢
赤黑的阿诗玛①从梦中走来
一碗米线还未过桥②

再高高不过天边的云
比天边还远的是你不羁的心
卡拉唱遍整个夜晚
蓦然驻足
只有骰子陪伴

在耳语稍停的一刻
傣语彩显出年轻

---

①阿诗玛是云南傣族对未婚少女的称呼，名字十分浪漫，曾有同名歌剧上演。
②云南的特色美食之一是过桥米线，是一种米粉，其肉片和其它佐料是靠开水在碗里烫熟。

电脑编造的故事

挑逗一个开放的粉领①

伦巴一样的步履

走出子夜的鲜红

思想都醉了

灵魂难道会从肉体中永生

真不知道如何

如何熬过一个人的夜晚

降落未升起的梦想

裁剪无数的多彩的视线

你摇动风一样的扇子

尽情地让纤腰摆弄眼帘

没有如此黑的眼睛

让爱如此斑斓

你是干渴的大地

我是久别的雨滴

你是高原的萤火

我是满山遍野的草地

---

①粉领泛指年轻的女上班族,她们年轻而美丽,优雅而高傲。

夜晚燃烧白天

白天沸腾夜晚

不要低沉地仰视

滇池也无需伴陪

假如你像风一样洒脱

明天也会无怨无悔

2006 年 7 月 30 日从上海虹桥赴北京途中

春夜在兰州

题记：1993 年我第一次代表加拿大史密斯律师事务所(Smith, Lyons, Lawrence, Stevenson & Mayer)去中国出差，转悠北京、深圳、广州、兰州、香港等地。其中去兰州却是我的第一次。从北京飞往兰州的是苏联造的伊尔飞机，快降落时，前后跷跷板一样的跳，晕极了。接待我的是甘肃省旅游局，住金城宾馆，当时兰州最高档次的宾馆。晚餐后，实在不知干什么，就约了宾馆的两位服务生跟我一起深更半夜去了兰州最火的夜市去宵夜，并观赏了不少的夜景，并由此而神验了夜里发生的一些事。

春天捧来阵阵黄土
尘落祖国遥远的西边
游弋许多叫卖的眼睛和耳朵
嘴里咀嚼沾满肉串的孜然

什么都可以在夜里赖着不走
一如你的眼神把星斗镶嵌
成为我们爬过的文字
到底什么可以变成永远撩人的思念

我曾经渴望很久
把手中的希望抛得很远
你穿越氤氲的夜市

身上还忽闪着白天

真想送给你一缕不醒的梦
披上黄河上空湿湿的彩虹
虽然不能同你一起飞走
奢望会有什么变成永恒

如果风沙组成岁月
从我们还未出生的年代开始
沉淀爱情和生命的年轮
问一下等待了几千年的基因
今夜是否可以萌芽
虽然风还刮着戈壁的寒冷
可我们都知道
春天已经启程出发

2009 年 2 月 26 日在温哥华家中

桌舞中的羊城之夜

題记：在广州与校友刘翔来到环市东路的一家夜总会消闲，却有令人惊奇的发现。在中国偌大的地域里，竟有比北美还放开的桌舞。中国女孩的身材固然不能与欧美的女孩相比，但中国女孩的细腻却是举世无双的。更值得一书的是中国男人的欲望绝不逊色于任何西方男人。

酒喝红了夜晚

夜晚围着桌子旋转

灯光闪烁闪烁的腰肢

话语挑逗挑逗的眼睛

眼睛里燃烧着焰火

烧了灵魂烧了道德

总有一天你会明白

什么叫做观看的痛苦

更有欲罢不能的欲望的折磨

真的有如此暴露

像商店橱窗里的展品

可以看个格外仔细

即使请天使下凡

也一定会觉得美丽

低矮的灯光下
缭绕着许多烟霭
吞食着剩余的贪婪
熏染着吗啡一样的狂想
狂想出诗歌哲学和音乐
几个狂人忘我放歌

又有几多
这样的夜晚
有多少如果
请你告诉我

为什么偏偏在中国
在一个繁华的角落
假设你知道
再请你告诉我

2007 年 1 月 18 日乘 T11 次特快列车从天津赴北戴河途中

夜游黄浦江

题记：为了庆祝我的加拿大好友提莫斯·希尔顿（Timothy Hilton）的新厂落成，我作为嘉宾应邀与来自加拿大、荷兰、印度和中国的各位商界朋友一起乘着游艇，畅游了黄浦。望着五光十色的外滩和光怪陆离的陆家嘴，品尝着鲜美的江鲜海产，每个人都像醉了一样，十分动情。

心里一直在游荡
不知今夜已到黄浦江
你从容地展开百年的光阴
让热情再一次为你疯狂

可外滩又一次攫取了目光
让百年的江水诉说衷肠
如果没有依恋的痴男痴女
怎有今夜不眠的月亮

即使我不是你的两岸
却总在你身边徜徉
假使我跟着海鸥走远
你一定要记住我来时的模样

因为我曾经像云一样梦想

让徐徐的江风抚平心灵的激荡

只需一杯热热的爱尔兰咖啡

你就把很久的积淀全部释放

千万不要停下你多情的眼神

那样我会迷失所有的方向

时间和夜色都不会再次错过

我只好用生命来汹涌滔滔的黄浦江

2010 年 6 月 25 日在北京首都机场三号航站楼花漾咖啡

从未料到也有醉人的斑斓

题记：每每夜里游荡城市街道、观赏临街橱窗、走进充满酒味的夜总会，会有许多刺激和由此产生的联想。在阳光下，我们都是赤裸裸地被照射着，毫无隐身之处。而在夜色下，我们却可以千差万别地不同。我们是夜游主义者，乘着夜的盲目，体验着夜的孤独。夜蕴藏着神秘，而白天袒露无遗。通过与校友朱雁和企业家朱泽堂的会面，在洪山广场和户部巷，在老通城和江滩，我再次体验了武汉的夜。

走进你的夜晚

从未料到也有醉人的斑斓

因为我忽闪的眼睛

再也不是摆放的夜明珠

而是游弋出黑暗的船

你可以说出那一切

在昏暗里有过的一切

可那也是一种存在

是可以画上省略号的生活

不要以为我会在十分困倦的躯体里睡去

要知道伴我的灵魂一直在飞

从 1203 飞到民主路

不像天使不是超人
而是为了忘却的后悔

我宣布
对着灯下的夜
还有三三两两的人们
我是一位夜的主义者
眷顾着夜幕下的一举一动
死亡着阳光下的死亡
复活着黑暗中的复活

千万不要错过
洪山广场飞扬的夜色
不需要山不需要海更不需要人造的景致
郁闷的够可以的
你愿不愿意是我的读者
因为发闷发呆的夜晚
今后还有许多

你应该替我填上
这空当的时刻
此处省略五十八个字
只有你知道
这意味着什么

因为你是我唯一的读者

我没有患病
没有拖着床单走过街角
不必担心
月亮会挑逗遮住新娘的树梢

亲爱的
你大可不必为我伤心
因为我还是碧绿的苔藓
托着满天的星云
灿烂在午夜的时分

夜的人们
千万不要碰梦醒的晨曦
那会让我很快地消失
我不止一次地说过
无法忍受太阳的煎熬
纵然有万千姿色
也不得不销声匿迹

2008 年 9 月 21 日从武汉飞上海浦东途中

兰桂坊的爵士乐

题记： 应好友新燕博士的邀请，我们来到了香港上环的兰桂坊。这里如同北京的三里屯斜街，人群熙攘，人头攒动，人言鼎沸。在一家叫做 Skylark（云雀）的酒吧里，我们欣赏了来自温哥华的 Bobby Taylor 的爵士乐。

从来没有想过
会在音乐中有死去的感觉
它虽然不是出自贝多芬
但无论如何也是一种命运

也许你猜到了
我内心需要这满街的人群
因为喧嚣中泛起的唾沫
一定会抚慰那寂寞的灵魂

所有的脸都播出兴奋
难道你们也能分享歌者的郁闷
或者把今夜当作一次未遂的出轨
用依依不舍的回首干掉剩余的酒醇

仿佛驾驭月下的云朵

你推开半遮半掩的门

我嗓子都冒烟了

万幸你送来了久违的氤氲

记得你在樱花中吟唱

激起梧桐树下跳跃的青春

第一次听到英文歌曲

竟是混在茫茫的人群

为了第一次卡拉的 OK

我集合了散落在机场的有关你的音讯

试图将一直鸣响的歌声

变成挥之不去的飞吻

太长的走廊一直跟着你延伸

直到雪花模糊了不知疲倦的声音

可我还在遥想你的那个回眸

那个偶然的不能再偶然的早晨

你审视了一片站台上的人群

我立刻变成你搜索的命运

只有长袖的天蓝色衬衣知道

我早已紧张成了七级地震

到现在我也不明白

是怎样的歌声迷住了躁动的灵魂

使我坐在两个人的长椅

在久旱的脸颊上流出雨季般的湿润

振动而闪烁的手机中断出神

我仿佛走入路易斯安那州的村镇

吟唱的何止是歌者的忧伤

更搅动起仍在泛红的红唇

你是否也在同一个月下

把星星拉得很近很近

如果你看到月影开始凌乱

那一定是载着我的心的浮云

2011 年 9 月 16 日从上海虹桥赴天津途中

心奔驰出一夜美丽

题记：从 1995 年开始到现在，我经常飞越太平洋，特别是在温哥华和北京之间。我第一次来北京是在 1978 年去武汉上学的路上。当年在中华书局工作的忘年友马绪传先生经常接待我并成为我来回北京的中转站。后来我又多次来到并住在北京。天安门广场、北大的风入松书店、呼家楼的胡同、公主坟的海军大院、亚运村的 713 路公交车，都留下了我太多的足迹和呼吸。此诗原载于 2006 年 7 月 19 日《环球华报》枫林集。

秋风吹起儿时的遐想

如风筝一样

心奔驰出一夜美丽

卧躺着偌大的广场①

华灯闪亮的雾霭里

第一次知道

我终于贴近了祖国

眼睛放不下远处

风和我一起遥想

在胡同的拐弯

---

①天安门广场据说是世界上最大的城市广场，广场上的华灯和周围的建筑都是举世无双的。

你终于说出

可我的期待已漫过树梢

夜色真的感受妖娆

眸子盛满明天

那一夜的路

为我积蓄了多年的思念

紫禁城的红墙下

我吻了你血色的唇

一直甜到我去过的天边

别人爱说什么都行

独过未名湖①的夜晚

总想坐在昨天

打开浪漫的童年

找到她来时的衣裳

把时间变成一场场匆忙

填满宾馆里的房间

太慢的出租车

太慢的地铁

太慢的快递

---

①未名湖是北大的一注人工湖,因为在北大,所以变得有名气。

太慢的网络

快的世界里

一切都显得太慢

北京就是北京

人如历史

历史如天

天如自己

自己是从前

2006 年 6 月 9 日从天津赴上海途中

蓝色的人生和夜晚

题记：好友霞和她的表妹慧和我一起，约好在八号院的孔乙己吃晚饭。之后我们一行三人来到蓝色港湾叫做柔软城市的酒吧，喝玛格丽特鸡尾酒、看钢管舞。两位少女轮番跃上舞台，在钢管上如蟠龙般，令人目不暇接，灿烂无比。其中一位还与我们饮酒攀谈，十分惬意自己现在的生命状态。此诗原载于 2014 年 3 月 26 日《环球华报》枫林副刊。

刚在温哥华吃过日餐
又走进北京蓝色的港湾
怀着大海的情怀
融入这蓝色的夜晚

为了这初秋的斑斓
我预约了你闪光的思想
一曲曲悠扬的舞曲
缭绕着几张氤氲的脸

经过三十年的沉淀
才升起今天的表演
沉醉在玛格丽特的幻觉中
怎样才能开出下一次灿烂

或许你是过眼云烟
我也只是繁星中的一点
如果她稍停蛇曲般的腰肢
我们就会溜出思想的港湾

在她蔚蓝色的秋波里
我撑起一片无云的天空
把一朵朵待放的苞蕾
都许愿成迷人的湛蓝

曾经在遥远的新大陆
努力寻找梦中的彼岸
谁知花开今夜
可梦依然遥远

2009 年 9 月 24 日于天津海河假日酒店 1806 房

海的别离

欣赏基韦斯特的日落

题记：驱车四百公里左右，从迈阿密来到基韦斯特，美国本土最南端的土地。这是一串长长的岛链，从佛罗里达半岛南端一直延伸至墨西哥湾的中部，与古巴隔海相望。各岛被一条美国一号公路相连，沿途有许多旅游景点，令人流连忘返。

向西追赶日落
有鸟儿和鱼儿陪着
升起诱人的晚霞
走进海天一色

没有人能够预测
妩媚的基韦斯特
连接起土地海洋和天空
让椰子树一直在目光中婆娑

好像等待了几千年
怀着上西天取经的执着
我迎着太阳落下的方向
仿佛寻找另一个更大的自我

一路上的风景不断变化

唯一不变的是燃烧至今的青春之火

太阳自己造就不了红霞

必须要有曾经洁白过的云朵

虽然每天太阳都会退去

但留给人们一夜的猜测

点燃次日黎明的

一定是太阳在东方地平线上的喷薄

俯瞰着加勒比安静的海水

日落的霞光将每个波涛抚摸

因为落去的并不是太阳

而是生命又开始了新的复活

此诗 2017 年 6 月获得云上诗社举办的第二届"诗与远方"海上邮
轮诗歌大赛三等奖

二月飞雪

题记：自上周五以来，温哥华已经连续四天飘落雪花。这在四季温暖如春的温哥华来说，完全出乎意料。

连续飘落了几天
雪花还在烂漫
似乎有什么牵挂
否则为什么如此缠绵

二月本来属于春天
雪花非要参与贡献
怎么都是死亡
谁还在乎化作水的蜕变

为了一生的精彩
雪花选择了人间
而人间也不过如此
白雪下面藏有许多黑暗

经常见不到惊喜
人们已经习惯
唯有雪花的生命
值得回味永远

2014 年 2 月 24 日在温哥华派克大厦五层

乐遍迪斯尼

题记：在黄钦五岁、黄朕两岁的时候，我们曾经驾驶着丰田锡耶纳面包车，去了美国洛杉矶的迪斯尼乐园。后来，我们于2010年去了香港的迪斯尼乐园，2012年去了东京的迪斯尼乐园，而今天2014年我们又来到位于佛罗里达州奥兰多的全世界最大的迪斯尼世界。

什么叫欢乐
看看脸上绽放的笑
在人山人海的涌动下
假山也显得妖娆

只要听到迪斯尼
孩子马上不闹
所有父母布置的事情
超标准地给您做好

原来从不相信
真去了才吓一跳
因为不是所有的体验都叫迪斯尼
正如不是所有的天亮都需要鸡叫

光是那轰隆隆的过山车
足以把很多人吓跑
如果不是有扶手锁住
我早就被无情地甩掉

顺着水流九十度的独木舟冲下
兴奋也同激流一起咆哮
心被提到嗓子眼的同时
浑身也在喷泉般的水雾中洗了澡

本来人就有害怕的本性
更何况还有吸血鬼在黑暗中尖叫
魑魅魍魉都轮番出场
不是被吓死也得灵魂出窍

安逸久了必须寻求刺激
好好的人坐上去都发出绝望的嚎叫
或许只有如此精神才能解放
下来回味还是觉得美妙

伴随着人们的还有音乐舞蹈
各种主题的游乐更是绝妙
尽显西方文明中的主题
一个迪斯尼可以把全世界都笼罩

如果有人将《西游记》的主题搬上乐园
定会展示东方的神奇与骄傲
让你使出七十二变的本领
一定会有我的贡献和辛劳

真想在青海湖畔迎接日出
将许多没有修饰的表情装上符号
打开媒体介质的每一个开关
蛰伏的思想总会在世界上传导

2014 年 7 月 8 日在巴哈马群岛大卢卡约酒店 527 房间

雨中富士山

题记：我们来到富士山的时候，正好是阴天。山顶云雾缭绕，山顶一会儿隐没、一会儿出现，很是神秘。当时就有这样的感慨，这日本最高的山峰，所谓的神山、圣山，也不过才三千九百多米。而在我们中国，八千米以上的高峰都很多，更何况三千多米的山。

如蒙着蒙娜丽莎的面纱

那是来自天上的神话

我怀着登顶的愿望

以为可以一览天下

三千多米就算作很高

对于中国简直就是笑话

大和的心态也不过如此

完全不能登上大雅

像雨像雾又像风

一座富士山就能在日本列岛伸展魔法

从飘落脸上的雨滴里

第一次体会了什么是鞭挞

一缕轻轻的薄雾飘过

掩住你如烟的山崖
哪知上面酝酿的阴霾
使你不再圣洁如画

太像日本人的性格了
内心藏刀外表潇洒
就连那一轮公平的太阳
对你也不能直接到达

想想我们的青藏高原
太多的高峰迎接朝霞
坦荡地面对整个世界
把大爱洒满天下

那位杰出的珠穆朗玛
是我们星球的一朵奇葩
承接着天上的阳光
把一切阴谋踩在脚下

本来可以圣洁的富士山
无奈有一群嚎叫的乌鸦
只盼玉皇大帝再次下旨
对日本进行第 N 次惩罚

已经是小小的寰球

何况几只跳梁的人渣

谁也无法阻挡我们的崛起

拥有未来的一定是华夏

2012 年 10 月 11 日在北京站前麦当劳

旧金山的惆怅

题记：第一次来到这个历史名城是 1986 年的夏天。走过渔人码头，眺望着金门大桥，第一次体会到什么叫遥远和惆怅：故乡的遥远和思乡的惆怅。真的不明白百年的历史怎样走过，不明白淘金的热潮怎样冲刷陡峭的海岸，不明白太平洋怎样连接两边。

思乡开始的时候

便是故乡在眼里

生长出一棵落叶松

尽管不在西伯利亚

却收到西伯利亚送来的风

码头上飘来一片落叶

寄托冰封的情缘

无论多么苍白

让春天显得浪漫一点

烤熟本已熟透的午后

劫持还在堕落的挽救

给她执着的燃烧

一千个太阳也会化掉

舌尖涂抹一层红霞

梦里翻腾肉体的狂喜

甚至吻开紫色的樱唇

直到时钟把金门①关闭

如雨后耸立的大桥

依然亭亭玉立

你让同样痴迷的彩云

摄取我贪恋的眼神

放出一簇勾魂的酒窝

永远在我的眼前漂泊

使我总有英雄的冲动

发誓干出一番伟大的事情

把许许多多的沟壑

在心灵的土壤里首先填平

从此
即使想起圣弗兰西斯克②
都有难以遏止的激动

2007 年 3 月 25 日从温哥华赴北京途中

---

①金门大桥位于美国旧金山湾的金门海峡之上，连接海峡两岸，为旧金山最著名的标志性建筑之一。

②旧金山还有两个名字：圣弗兰西斯克（西班牙语的直接汉语音译），三藩市（华侨对旧金山的称呼）。

阳光下的阳光海岸

题记：2008 年 7 月 19 日星期六我们一家（有 Orien、Cheny 和我）、从香港来的老朋友丘立教授、他女儿丘月（Luna）和丘阳（Salina）、新朋友于莉莉一行又一次驱车乘船来到阳光海岸，参加韩裔 Christina Cook 和爱裔 Fidel Forgarty 相约在阳光海岸的吉普森斯（Gibsons）他们的家举行的聚会。在温哥华炎炎的夏日阳光里，山尽情地葱绿，海忘情地飘洒，阳光浸透每一处角落。我们尝试了许多酒，品味着这海岸山林中的生活。我们临时决定当晚赶最后一班轮渡返回温哥华，并驱车去列治文的砂堡火锅吃宵夜，那些话语，让人总是想起。

你从亘古的地质白垩时代
搬来大块的土地
又把几处高高地隆起
在我们本来蓝色的星球上
构筑泥土的记忆

你甩动星星般的云朵
孕育连接天地的雨
播撒漫山遍野的林子
引诱人们一次次的觊觎

你展开阳光的网

捕捉一切曾经的黑暗

在幂次的极限下

把宇宙的深远蕴藏

其实我们渺小得什么都不想

没有曾经飘起的秋千

没有驶向未来的梦

甚至没有存在

所以可以永恒

如果你愿意

我会劫掠一缕太平洋的信风

乘着阳光的翅膀

飘洒白白散去的赤道上的热情

而你早就知道

我没有收到邀请

甚至连一份迟到的矜持

都要十年十年的苦等

仿佛我是行走的列车

而你是擦身而过的风

只有在匆匆离去的时候

才体会你的瑟瑟柔情

你不会拒绝阳光的赐予

因为黑夜已经走远

阳光下的万物都需要眼睛

一如项链般的海湾

也会攫取一弯美丽的天空

你从来就有海的激动

把炫目的波光

搭成通天的彩虹

为了期待中的再一次

和阳光海岸在月光下的相逢

2008 年 8 月 1 日在温哥华家中

百米雨

题记：从迈阿密驱车经 95 号州际高速公路和 192 号佛州公路前往奥兰多。中间经过两段瓢泼大雨，而这雨奇怪得竟只有几百米的覆盖面，车行驶出雨区之后，是滴雨未落的公路。真是太惊奇了。

几百米的距离
竟留下你的倾盆大雨
驾驶着克莱斯勒面包车
仿佛走进了热带的雨季

本来天上飘着几朵白云
蓝色的天空填满云朵的间隙
不时会有一朵大块的云头赶来
仿佛它们是在天上嬉戏

突然从天而降硕大的雨滴
转瞬变成瓢泼大雨
所有的车灯全部打开
车辆变成爬行的鳄鱼

最快的雨刷也赶不上雨落的面积
眼睛也吓得不断地眯起

真想尽快逃出这糟糕的路段
开出这最难挨的雨区

一如来时惊天动地
走时却也悄无声息
不到八百米的公路上
留下是干湿相间的两段路基

开着车我回头望去
只见头上并没有大块的云集
难道是我做了南柯一梦
还是佛罗里达留给我的一段惊喜

2014 年 7 月 20 日在加拿大不列颠哥伦比亚省高贵林伯克山庄

洛杉矶海边的遗憾

题记：我和妻子起了个大早，经过 18 个小时不间断的驾驶，经过加拿大的 99 号公路，沿着美国的 5 号州际公路，于晚上 11 点到达洛杉矶市中心。在一个红绿灯的十字路口，一位黑人追上另一位黑人，并用枪逼住了已经倒在地上的他，完全一幅街头暴力电影的镜头。直到 12 点半，才在郊区找到一家 50 美元一晚的汽车旅店。宽阔且纵横交错的高速公路，使二十年前的我大开眼界。纽约有长岛，洛杉矶有长滩。由于直接面向太平洋，长滩的浪有几层楼那么高，而且很白。

从未见过这么高的海浪

徜徉出在高楼缝隙中生长的朝阳

我挽住高速公路的手臂

把巍巍的长城和沙沙的海岸向天上竖起

直到天宫充满童年的记忆

从此记忆不再老去

不再生长南国的芭蕉树和无休无止的夜雨

雨下只有湿湿的土地和砖头

没有想念中的发自青春的唏嘘

真真一个善战的蒙哥马利①

①蒙哥马利是洛杉矶的一个区，但在二战中，英国最著名的元帅也叫蒙哥马利。

一个夺去情人的奥赛罗[1]

在辉煌如夜的好莱坞的山上

用沙子堆积出夜夜的奇迹

到底如何珍重今夜

让星星永远闪烁

用飘曳的车灯浮起浓浓的爱意

是那座汽车旅馆

是缄默的仙人掌树

在偌大的美国

谁能告诉我

高吗大吗长吗亮吗

别再形容

因为我已经形容了一千次

别再比较

因为我已被比较为零

还想怎样还要怎样

还不够吗还不住手吗

2007 年 4 月 28 日从北京飞往广州途中

---

①奥赛罗是莎士比亚的同名悲剧中的人物。

断想达拉斯

题记：令全世界震惊的肯尼迪总统刺杀案，半个世纪前就发生在这座城市。虽然城市灯火摇曳、夜晚和平安详，而充满我脑海的依然是那震惊了世界的枪声。

六十年前的一声枪响
世界差点因你而死亡
一个总统倒下了[①]
留下永久的期待和想往

你是怎样的城市
平静下永远涌动着疯狂
一如不要命的牛仔
血和泪对你如此平常

从雪白的棉花到青青的牧场
无论如何也不能把刺杀和你一起联想
而历史就是历史
再残酷也不能遗忘

[①] 1963 年美国总统约翰·肯尼迪在达拉斯被刺杀身亡。

这使我想起了抗战的战场
南京大屠杀停摆了所有的时光
这是有组织的大规模战争犯罪
杀人比赛比赌博游戏更加疯狂

最可恨的是百般地狡辩
非得把黑的说成像白的一样
没有坦荡的胸怀一定会重蹈覆辙
没有正视历史就一定不会获得原谅

如今我可以面对达拉斯大声地歌唱
那一份坦诚让人心情舒畅
我可以骄傲地说自己来过达拉斯
历史和现实共同演绎了你的辉煌

2014 年 7 月 19 日在加拿大不列颠哥伦比亚省高贵林伯克山庄

维多利亚的缠绵

题记：维多利亚是一座非常有历史的加拿大城市，不列颠哥伦比亚省的省会。她坐落在温哥华岛的南端，隔着胡安·德富卡海峡与美国华盛顿州的奥林匹亚半岛相望。自从英国乔治·温哥华船长发现了温哥华岛，维多利亚就被作为海港、淘金基地和军事要塞而开始开发了。维多利亚是加拿大最靠西部的城市，每年接待数以百万的游客。如果你有机会品尝一下这里产的三文鱼、青螃蟹、红螃蟹、象拔蚌、牡蛎、鳕鱼、石斑鱼、阿拉斯加皇帝蟹等，你一定会流连忘返。如果你能遇上一位英法混血、英西混血、印欧混血、或中外混血的美女，你就更不想离开这里的海岸。

不知多么沉重的冰川

用了几千个世纪的时间

非要将你从北美大陆的怀里夺走

稍不留意竟造就了袅袅的海岛和旖旎的海岸

如同淑女爱慕颈上的项链

你成为太平洋上熠熠生辉的项圈

即便有乔治亚海峡的波涛

我还是忍不住与你不断地缠绵

所有见过你的人都知道

你有资格成为他们梦中的家园

只看一下雷鸟公园^①里总想升起的图腾柱
再多的钱也难以买走你铁一样的情愿

好一个堂皇的女皇宾馆^②
留置了许多日不落帝国的梦幻
不论你来自世界的哪个角落
你都会感到太阳绕着维多利亚
而地球上的世界绕着不列颠

即使你从未与人互联
你也会冲动地微博一番
因为那些含笑的花朵
已经随你离开了布查德花园^③

---

①雷鸟公园（Thunderbird Park）是一处大型户外印第安文化展示区，里面有很多图腾柱，还有一排长形的木制矮屋，这是印第安传统的长屋建筑。

②女皇宾馆（the Fairmont Empress Hotel）是维多利亚最古老的宾馆之一，具有哥特式的建筑风格，是少数具有历史感的建筑，类似于中国天津的利顺德饭店。

③布查德花园是由 Robert Pim Butchart 夫妇合力建造，为求美化一个荒废的石矿场。布查德先生是在加拿大生产波特兰水泥的先驱，石灰石给采尽后的石矿场使审美目光敏锐的布查德太太生厌，她便决心把石矿场纳入其家居庭园美化计划之中，因而展开的"园艺"试验，而创造了令人惊叹的花园。

转过街角的轮滑和牛仔短裤

吸引了包括海鸥的视线

你用风情万种的回眸

征服了所有阳光下和月光下的语言

第一次你勾起我犯罪的动机

至少让我绝不铸就千古的遗憾

我坚决拒绝成为别人的风景

此时此刻就地牺牲或者就地贡献

没有人告诉我你离我有多远

距离从未产生如此强烈的思念

仿佛你邀我参加你经常举办的婚礼

海鸥和浪花是我们奏出的浪漫

即使赶不上高潮的午夜时分

你也可以拥抱激情的港湾

聆听礁石发出的涛声

让心能飘多远就飘多远

2011 年 5 月 20 日在温哥华瑟露街波蓝紫咖啡店

在南半球过年

题记：策划了很久，终于成行。我们一行四人乘着波音747飞机，将要穿越赤道，飞往孤独的大陆——澳大利亚。经过三个半小时的飞行，现已经抵达香港赤腊角机场。这座机场非常现代化，环境各方面非常人性化，只是很多服务员普通话讲得不好。澳洲在被欧洲人发现后，有相当长一段时间作为英国罪犯的流放地。而今天，澳洲以其独特的自然地理、人文环境吸引着全世界的目光。我们的到来，就如同海边不息的浪花，没有任何人会注意到。

用远离稀释思乡的情绪

用逃避拥抱过年的团聚

如果你问我为什么选择离开

答案是我对你有从未熄灭的期许

其实我并不想在这节日来临之前离去

但为了圆一些人梦想中的独立

我宁愿在遥远的澳洲找到橘子洲头

在不是寒秋的南半球找到孤独的夏季

我真的想变成阳光明媚的悉尼

在达令港里毫无忧虑的死去

因为我一直忠实的世界

对我却有着无可忍受的怀疑

怀疑使我变得坚强无比

也可以像大堡礁一样千年地耸立

实际上我脆弱得如同南极的浮冰

随时可能在偌大的世界里销声匿迹

也许我应该像库克船长一样

一直找寻人生的目的

可惜已经没有新大陆等着我发现

留给我的只有无限的唏嘘

我非常崇拜执着的阿蒙森和斯哥特[①]

抛下一切拼命奔向南极

我今天可以站在墨尔本海岸眺望

两位英雄留下的千古足迹

满眼的惊奇驱赶不了撩人的孤寂

我再也无法掩饰无法欺骗真实的自己

当兔年的钟声在母国敲响

我就是那礼花迸发出的美丽瞬息

2011 年 1 月 29 日从悉尼往墨尔本途中

---

① 挪威的阿蒙森和英国的斯哥特是相约看谁最先到达南极的
两位探险家。

美洲鳄之联想

题记：自从踏上佛罗里达的土地第一天起，就一直用语言和思想描述和想象着美洲鳄。这种鳄块头比亚洲鳄（如扬子鳄）和非洲鳄（如尼罗鳄）大，且性情凶猛。我一路上一直用美洲鳄来与孩子逗着、乐着。

丑陋莫过于如此

凶狠莫过于鳄鱼

来到佛罗里达的沼泽地

最先想到的就是你

孩子可以安静下来

因为你能带来某种恐惧

比起我们人类的细皮嫩肉

你浑身长满了令人畏惧的鳞皮

最吓人的是你张开的大嘴

看着你大家都屏住呼吸

因为稍不留神的瞬间

人就会被吞到你的肚里

为了获得美餐一顿

你可以伪装成一块树皮
等到猎物靠近的时候
你张开大口猛扑过去

所有的猎物都望风而逃
大多数猎物都避之不及
大家对你唯有敬而远之
而你可以为所欲为忘乎所以

你证明了什么叫适者生存
一直活着就是最强的生命力
你穿越了几千万年的时空
因为你来自遥远的白垩纪

你不时地流出几滴怜悯的眼泪
让人误以为你要痛改前非
直到你再次张开血盆大口
人们才明白你流泪的意义

你既是我们恨的对象
又被我们爱得可以
为了体现生命本身的价值
我们为何不做条鳄鱼

2014 年 7 月 19 日在加拿大不列颠哥伦比亚省高贵林伯克山庄

墨尔本博物馆的风浪

题记：这是一座淘金造就的城市，是一座因工业革命而兴旺的城市。在巨大的博物馆里，有一组关于澳洲土著人的生活的展厅，特别令人浮想联翩，感慨万千。早期的欧洲殖民者对澳洲大陆的最原始的居民采取了赤裸裸的灭绝、奴化、压迫政策。土著人的孩子从小就从其亲生父母那里被强行分离，由白种人的机构安排抚养。另一个让人难忘的展厅是动物标本厅，其中有已经灭绝的塔斯马尼亚虎的标本，太可惜了。澳洲大陆唯一的虎灭绝了，因为没有限制的扑杀。现在是人类反省自己对大自然的罪过的时候了。何时才能达到人与自然的平衡和和谐呢？

土著人的孩子

其实那块孤立的大陆

曾经如孩子一样

跟随着母亲

总会有家的感觉

即使走到很远很远的地方

其实土著的人们也像迎接贵宾一样

接待远道而来的库克船长

他们从没有想到

来到这片大陆的殖民者

会如同凶恶的豺狼

好像只有压迫别人
才能显出自己的高贵
只有诬蔑他人野蛮
自己才闪耀文明的光芒

把孩子从母亲怀里夺走
这是白人殖民者干出的伤天害理的勾当
如今横行的索马里海盗
人性也不致堕落到如此丧心病狂

更可气的是
这种抢夺还披着法律的外衣
装扮得冠冕堂皇
"因为我们不能让野蛮的父母
陪伴孩子的成长"

可怜的孩子就这样被抢走
殖民者把世界变得十分的荒唐
赤道风可以吹干眼泪
但抹不去心里永久的忧伤

可真理就是真理

总会破茧而出放射光芒

殖民者们已经死去

留给大家的是无限的感伤

塔斯马尼亚虎

塔斯马尼亚虎已经离去

我们只能从标本上一睹它雄俊的模样

如果不是因为人们的偏见

它们也不会如此告别地球

草草地结束在澳洲大陆的辉煌

人们好像是为了保护羊群

同时也对塔斯马尼亚虎的皮特别欣赏

没有了老虎的澳洲

成了鼠类的天堂

可见自私的后果

只有自己来品尝

2011 年 2 月 21 日从北京飞往温哥华途中

发现湾的发现

题记：2008年5月的维多利亚节，我们一行乘四辆越野吉普和商务面包，从加拿大不列颠哥伦比亚省的阿尔德格罗夫（Aldergrove）进入美国华盛顿州。然后驱车沿5号州际公路转入20号州公路，并乘轮渡在夜里十一时到达唐盛德（Townsend）小镇，再驱车沿101公路西行40英里，于夜里12时到达发现湾。发现湾位于美国华盛顿州奥林匹克半岛的北部沿海，与加拿大的温哥华岛和维多利亚市隔着胡安·德富卡海峡相望。半岛的中部是著名的奥林匹克国家公园，半岛的东边，隔着长长的海湾坐落着美国西北最大城市西雅图。整个半岛都生长着郁郁葱葱的山林，间杂许多湖泊、河流、公路、村镇。恰好我们赶上了唐盛德镇一年一度最著名的庆祝游行，一队队灿烂的花车、一张张俏丽的面孔。入夜我们在入住的度假别墅里，烤上三文鱼（Salmon），在远东又称大马哈鱼，和新西兰羊排，喝着美国百威（Budweiser）啤酒，人生好不惬意。

对于我们

简直就是简化的长征

利用现代的汽车轮子

走行几百英里

在一座寂静的海湾

做一段短暂的不是美国人的美国梦

好像所有的山林

都睁开了绿色的眼睛

让几个人间的访客
领略发现湾的片片潮水
如同云朵覆盖片片窗棂

你卷起袖口对准路口
用不知疲倦的海风
漂泊一枚不知疲倦的约定

把肉吃光把酒喝净
因为寂静的发现湾
需要人为的激情
如果还有飞来的怀疑
请你仰望今夜的星空

还没有深夜
不知哪颗星星能够启明
也许深邃的天宇
会让瞬间的话语
在行进中苏醒

好亮丽的花车
超过我童年就心爱的玩具车
把一幢幢装满快乐的房子
放在眼睛里飘零

你不顾阳光的反对
执意进入心灵的港湾
把几缕涌出的思想
卷曲成天籁之声

幸亏有一列报废的火车作证
你走过的路总有回声
仿佛彻底醒悟的草莓
酸酸地想起夏日的热情

怎么才能入梦
使散步变成一道风景
里面闪存着今夜的酒香
可以转存给孤寂的心灵

因为总有一天
我们也会如此
把生活演绎成电影
里面有许多今天的人物
和已经随风而去的场景

2008 年 6 月 6 日于温哥华大都会城章节书店里的星巴克咖啡店

浮潜大西洋

题记：来到巴哈马群岛的第二天，我们乘船来到了珊瑚礁生长的海域。每人带上充气服，带上充气筒，纵然跳入深达20多米深的海中。今天的海域格外平静，天空中飘着白色和黑色的云，阳光不时露出一丝笑容。但大部分时间是被遮挡的。这对在海里潜伏的我们来说，真是太难得了。

形形色色的鱼儿穿梭在身旁
无论如何都是一种来自海的舒畅
跟着鱼群来到海的深处
发现珊瑚生长的模样

把头埋在水下的时候
真的让我眼前一亮
那么多畅游的鱼类
充实着浩渺的大西洋

我似乎忘掉了地上
把许多烦恼都抛在远方
唯有眼前的水下世界
能凝结我所有的狂想

把自己想象成无穷的海浪

随着大海到达地球的每一个地方

拍打出许多迷人的沙滩

也把永恒表达为一种力量

每当有情侣在海边徜徉

都会引来艳羡的目光

因为只有经过海洋的洗礼

爱情才可以无限的生长

浮潜只是一种形式

深度才是真正的测量

一如织女无论飞得多远

总是心里惦记着地上的牛郎

2014 年 7 月 12 日在达拉斯国际机场候机楼

波特兰的水

题记：每次来到波特兰，美国俄勒冈州的波特兰，都十分新鲜，都开始灿烂。河挽着城市，海装点着山岚，树沐浴着春风，秋叶点缀路边。对了，还有桥，许多桥，连接天空、连接两岸、连接道路、连接心田。波特兰，真的十分爱你，一座优雅而又静谧的城市，一座太平洋也感到骄傲的永远。

连水都留恋的地方
别再告诉我天鹅掉到了地上
别再用一堆蹩脚的话语
连接心灵翘起的方向

确认有这么流畅的桥
爬上河岸爬上山岗
如同一条条眷恋的粉丝^①
厮守着缠绕着伸向远方

我并不来自远方
也没有接近远方的愿望
如果要我拥你入怀

---

① 最近两年，中国大陆开始用粉丝（英文 fans，即"迷"的意思）来替代中文中的歌迷、影迷、舞迷、星迷。

我一定会成为你走向的远方

那又怎么样
还不是戴上迷惑的阳光
打开折叠了十年的青春
用十分陈旧的思想
沉重所有
可以飞起的翅膀

可以驱散飘飞的灯光
把整个人生的黑暗都凝聚在今天的晚上
既然你并不属于明天
我如何能在乎世界是怎么想

难道就是平庸的我们
让人们浪费了理想
把本来不会开放的种子
当作宝贝扶养

你别再为我们在河边的邂逅慌张
不经选择逼良为娼
把久久干涸的表情
变成不断沟通的桥梁

我们可以幽会
千万小心相撞
因为太平洋并不太大
只是我们地球村的一片水乡

我可以不断地许愿
但你不会听从我的呼唤
就算夜色没有黑过黄昏
总是延续多年的迷茫
免不了湿润了话语
碰到还在流血的思想

2007 年 9 月 26 日从温哥华前往北京途中

天皇的传说

　　题记：日本的天皇是介于人和神之间的象征，具有崇高的地位。天皇曾经被神化，且起过非常坏的作用。但二战后盟军总司令麦克阿瑟将军最终决定保留天皇制度。天皇对于外国人来说，更像是一种传说。

真不知道怎么有个幽灵

像人一样潜入东瀛

四个岛上的民众就这样跟着

仿佛天皇是引路的神明

神本来应该做神的事情

怎么来搅乱芸芸众生

也许天皇只是个虚幻的影子

后面还有恶魔操纵

借着明治维新

天皇重新掌握了朝政

快速转向欧美

似乎迈进了文明

逐渐增长的国力

变成了对邻居的欺凌

吞并本来独立的琉球

挑起甲午中日战争

侵占了台湾还不算

还要占领靠近北京的辽东

窃取了钓鱼列岛

又把魔爪伸向胶东

靠着不列颠帝国的支持

在日俄战争中获胜

自称皇军真不要脸

自诩皇国脸都不红

发动了九一八

冠以什么大东亚共荣

珍珠港内被炸沉的战列舰

让世界见识了什么是黩武穷兵

一如不知天高地厚的眼镜蛇

非要吞下大象逞凶

代代木公园至今仍记得

裕仁天皇怎样蛊惑士兵

本来可以美丽清秀的国度

却因为不认识历史始终不清醒

也许只有再次经过黑暗

才能珍惜人间的光明

2012 年 8 月 21 日在北京大屯家中

圣迭戈——美国

题记：2007年7月10日我们一家人从美国的洛杉矶驱车来到美国西南部的最大城市圣迭戈。在世界上有三个以圣地亚哥命名的城市，即智利首都、古巴第二大城市、和美国的圣迭戈。在西班牙语原文里，这三个城市都是同样的意思、同样的拼法。我们在傍晚的时候来到海滨，沐浴着暖暖的夕阳和各式各样的航海帆船。有一幢不高的楼房，浅黄色，门前一杆星条旗迎风舒展，俯瞰着海边一簇簇游来游去的人群。仍然巍然耸立的中途岛号航空母舰，依旧一副战斗的姿态，如一幅油画，清醒着人们的记忆。

如同一次计划中的远行

真正的绕月一般的背井离乡

你邀请我来一盘克萨蒂阿①

我把故乡都咀嚼在口中

阳光慷慨得让人怀疑

怎么你还不知道我的来历

不在乎我走进天堂

把一切给我的经历都带进地狱

即使经过一万个日夜

你依然拒绝

---

① 克萨蒂阿是一道墨西哥名菜。

拒绝成为黄昏时的记忆

好让巍峨的中途岛号①

温馨一对对情侣

而你把唯一的感觉沾上自信

引诱清瘦的幽梦爬上房后的土坡

正是那花下的羞涩

证实了我追寻的感觉

不论是温暖或热情

都会汇入这加州的阳光②

让你的回眸永远在夜里灿烂

永远成为飘飞爱情的燕子

随我去天边

真想再次牵上你的手

把随我们的岁月也一起挽留

一起走过长凳走过廊桥

任凭晚风将我们蓄意骚扰

---

①中途岛号是二战时美国的航母，曾参加过多次与日本舰队
的海战，有着辉煌的战绩。

②有一首广为传唱的美国歌曲，叫《加州阳光》。

你说过好多故事
好像永远躁动的海潮
使我不停地遐想
奈何浪花打湿了双脚

2007 年 8 月 26 日从北京飞往温哥华途中

沐浴在威廉姆斯海滩

题记：这是一片安静的海岸，面向最南的南方。今天温度39度，光脚走在水泥板和沙滩上，烫得很疼。沙子很细很白，海水比河水还清澈，水里游来游去的小鱼尽收眼底。我也跳入其中，体验南太平洋的温暖，体验澳洲大陆带来的异样的体验。

你一直是我梦幻中的海滩

点缀着大海周围的蔚蓝

如今我终于找到你

竟是比天涯还远的天边

孩子们嬉戏着无虑的童年

烦恼统统抛给高高的云端

一定要记住泰戈尔的告诫

童年的梦想必须由自己去实现

颠倒了季节颠倒了方向颠倒了时间

直到此刻我才体会地球是一个没有终点的圆

你我最多只是如袋鼠一样的过客

左右不了台风左右不了野火左右不了诱惑野火的草原

其实我也如曾是一体的南极大陆和澳洲大陆①

如今被宽阔的太平洋隔成两岸

我必须学会永远调整自己

为了适应不断涌来的海浪一样的挑战

我始终无法了解其中的奥秘

海浪对着所有的沉默一直呼唤

我愿意成为海浪的情人

跟着她走向大海所有的岸边

即使花费很多的路程很多的时间

经过澳洲的大沙漠和西天路上的火焰山

根据达尔文②的无数次的推理

只有走向世界的心灵才真正拥有明天

2011 年 2 月 3 日在悉尼和谐橡树坊 014 房间

---

①根据大陆板块漂移学说，南极大陆、澳洲大陆、非洲大陆、南美洲大陆曾经是一块大陆，后来被漂移分开了。

②查尔斯·罗伯特·达尔文，十九世纪英国生物学家，进化论的奠基人，提出优胜劣汰的理论。

纽约纽约

题记：1996 年和 1998 年两年的夏天来到纽约，一次公干，一次私干。公干去了百老汇、唐人街、和第四十二大街。私干去了联合国、洛克菲罗广场、时代广场、帝国大厦、中央公园。就在上午十一点钟，一位律师所的 22 岁的女秘书被一黑人流浪汉给强暴了。走在第 42 大街，我有一种小鸡走在老鹰栖居的森林，随时有被擒获的危险。那种优雅中的慌乱，自信中的茫然，只有身在其中才能体会的冒险的紧张和快感。

终于挣开了束缚

再湛蓝的天空

再敦厚的土地

走出的

不仅仅是第五大道①

街宽不过长岛②

自由不过女神③

---

①纽约的第五大道因为店铺林立而著名。

②长岛是纽约的主要市区，集中了美国主要的公司总部和银行。据说，当年荷兰殖民者用 24 元荷兰盾就从印第安人手中骗得了这片土地。

③自由女神雕像是在美国独立战争后，由法国赠送给美国的。

难得来自另一个世界

零乱出中央公园①的彩虹

毕竟这里有

连幻想都可以制造的美国人

从来就有许多富兰克林②

从来就有许多洛克菲勒③

灿烂的新英格兰阳光

吻开哈德逊河④

美国人的心目中矗立着

璀璨得比太阳还耀眼的纽约

永远繁忙的第四十二大街⑤

熙攘着各种狂想

即使在墨黑的雨夜

仍有许多明星在闪烁

---

①中央公园位于纽约曼哈顿区，紧邻洛克菲勒广场、卡内基音乐厅等文化艺术中心。

②本杰明·富兰克林发现了闪电是一种静电现象。

③洛克菲勒是美国的石油家族，代表美国的富有阶层。

④哈得逊河穿越纽约市区。

⑤第四十二大街是纽约著名的红灯区。

闪烁的何止这些

明天的期望还有更多

即使有身体疲惫的时候

精神也无休止地失落

人人都在活着

不论好赖

因为这里是纽约

2007 年 1 月 16 日从北戴河去天津途中

雨天中的阳光海岸

　　题记：2008 年 4 月 5 日星期六我和韩裔的 Christina Cook 和爱裔的 Fidel Forgarty 相约在阳光海岸的吉普森斯（Gibsons）。早上我从马蹄湾（Horseshoe Bay）乘轮渡到达朗戴尔（Langdale）。从那里出发驱车 80 公里到达额尔斯角（Earls Cove），又乘轮渡到达萨尔特瑞湾（Saltery Bay）。然后再驱车 30 公里到达鲍威尔河（Powell River）。整个阳光海岸夹在岛屿之间、躺在海陆之间、存于天地之间、活在梦幻之间。

原始森林从来都是如此

占据意想不到的地域

向土地向海洋向亘古的时间

放纵地伸展

海水从来就没有改变

拍打十分寂寞的岸边

仿佛走进童年

总有阳光飘洒

顽皮地甩开爸妈的束缚

用一切物品尽情表达

模糊的岛屿和山林

好像遥远的故乡

河水一样的眼睛

永远流淌出憧憬

把蜡烛变成光明

穿越五十年

送走远去的一丝阳光

雨水浇洒回程一片

雨花和浪花与今夜同行

而绕海盘山的高速公路上

你驾驭着闪亮的奥德赛

把夜把海把路穿行

在码头的尽头

你披着一身的夜雨

眼睛点亮昏暗的路灯

心跟着太阳

挑起阳光海岸白天的激动

你用车灯点亮夜色

尽情地让噼啪的雨滴铸就心中的巍峨

如果能想到在阳光海岸的雨天

疾驶在海天高速公路上

如同夜雨中摇曳的花朵

好久都没有感动了
我们好像在演出
在雨夜的时分
码头边上又一次相约

好想你抓紧我的手
在高速公路上驾着我们的坐骑
慢慢地行走

请用眼睛记住
我会带你去天晴的阳光海岸
在无限的阳光下
招待你的心愿

如果不是违规
我们定会闭上眼睛
就停在行车道上
也停下所有身外的纷争

2008 年 4 月 9 日从温哥华赴北京途中

斯诺夸尔米瀑布下的淋浴

题记：斯诺夸尔米瀑布位于西雅图西部约半小时车程的山间。看过尼亚加拉瀑布的人都知道，站在瀑布面前绝对是一种震撼。而在斯诺夸尔米瀑布面前，你感觉到的更是一种柔弱的美和纤细的爱。

犹如重回青春的风华

眼前飞舞起绽放的水花

如果不是脚踏实地

我还真以为到了天涯

你先是奔腾宛如脱缰野马

而后又似大家闺秀温文儒雅

如同从天上下凡的玉女

怎么倾泻都是一种潇洒

站在鹅卵石布满的河滩看你

就如同欣赏天女散花

分不清是闪耀的阳光

或是飘落的优雅

你为何生得如此娟秀

和你相遇便无法自拔

走进你的身体

我便可以得到纯洁的升华

本来平静的心情被你搅动

好似少女的春心开始萌发

如果你非要顶天立地

那我一定愿意为你披上婚纱

2014 年 7 月 3 日在奥兰多华美达门户宾馆 1612 房间

爱在塔朗加动物园

题记：这是今年悉尼最热的一天，是中国兔年的大年初一。早晨我们一行乘坐轮渡从圆周码头（Circular Quay）来到塔朗加动物园（Taronga Zoo）。据说这是澳大利亚最好的动物园，有很多澳洲大陆特有的珍稀动物，各种蜥蜴、鸟类、袋鼠类、树熊等，十分引人入胜。当我得知澳洲大陆最后一只塔斯马尼亚虎于上个世纪死在动物园时，心里有一种说不出的滋味。

我们没有来到的时候
你们拥有大自然的自由
从广袤的大地到浩瀚的海洋到辽阔的天空
你们都可以随心所欲地遨游

可你们毕竟太过于天真
没有及时地从猎枪或追捕中逃走
伴随你余生的
是无边无沿的忧愁

如果你想活得好些
你必须像时下的"被"一样学会成为人类的朋友
因为只要你成为被可怜的对象
你才能避免随时发生的杀头

人们知道你们的超级本领
非常渴望像狮身人面一样拥有
可世界是我们共同的
我们无法剥夺你们天生的优秀

一如祖辈一直繁衍在南大洋的企鹅
这里是它们居住的地球
难道必须等我们明天失去一切
才忏悔曾经有过的所有

我必须学会像《阿凡达》一样思考
飞入孤独深邃的宇宙
直到飞船延续出下一代生命
才懂得如何错过了美丽的追求

如果你需要温暖
我可以给你阳光下的午后
如果你真的饿了
我愿意成为你口中的肉

因为生命都是轮回的
谁知下一辈子我会是哪种飞禽走兽
因为爱可以包含牺牲
可以弥合你还在不断滴血的伤口

2011 年 3 月 30 日从上海浦东飞北京途中

温哥华郊外的晚上

题记：二十年前，当我还是一个纯粹读书的留学生的时候，我就被命运的手安排到了温哥华。当时的温哥华还相当朴素，如同一个十五岁的少女，虽未有精心装扮，但仍有遥远的未来，十分诱人。二十年的跨度使我与温哥华有了不解之缘。我安家在温哥华，生儿育女在温哥华，从业在温哥华。此诗原载于 2006 年 8 月 4 日《环球华报》加华文学副刊。

行程再远远不过天边
二十年前
抚摸你的土地
布满星星充满迷茫的夜晚

你在地球的另一端
把寂寞的海水点燃
我走近你的时候
你已经邂逅了别人
歌唱出有太阳也有月亮的白天

海浪卷起不倦的西风
夕阳蜷曲成一息哀叹
即使有长发飘过的秋夜
心还是感受阵阵秋寒

就是在这样的时间

就是在这样的地点

太平洋还照常涌动海浪

新大陆还在彻夜狂欢

走了二十年

街巷拥挤着人群

街灯点燃着街巷

儿女走来

大人走来

连螃蟹也爬上沙滩

海桥水桥陆桥

路弯水弯海湾

只有一座不倒的心桥

只有一处飘逸的岸边

春天的樱花①

把城市染成情人

而不停的春雨

---

①人们都知樱花产自日本，是日本的国花。而在北太平洋东
岸的温哥华，也是盛开樱花的城市。

仿佛哭泣中的思念

不论白天

不论夜晚

请你告诉我

夏天

和夏天的夜晚

2006 年 6 月 30 日在温哥华家中

漫步迈阿密海滩

题记：早就听说迈阿密，名声在外。这里的海滩向东面向大西洋，非常松软。而沿着海滩的大洋道（Ocean Drive）更是展现了拉美和加勒比特色的酒吧和风情，难得一见。

又一次来到海滩
只不过是在大西洋的岸边
但愿许多年以后的黄昏
我还能勾画出映在海面上的月圆

咸咸的大西洋海风
吹拂着七月的傍晚
踩着软软的细沙
仿佛到了天边

早就知道地球是一个圆
却从未像今天这样明显
因为微微隆起的海平面
宛如孕妇肚子飘浮在眼前

哥伦布不仅立起了鸡蛋
还用航海证明世界的相连

不管原居民愿不愿意
他还是实现了地理上的最大发现

好似高脚杯中的高跷
杯盏中荡漾着红黄紫蓝
当各种饮料流进肚子
脸颊也透露出晚霞般的灿烂

面对着满街的加勒比风情
我无法阻止太诱人的音乐和海鲜
也许是拉美的热情和风情
在血脉里正在扩散

耳畔突然感到一阵灼热
兴奋应该到达理论上的极限
刚刚深入这灯红酒绿
又开始思忖何时可以重返

2014 年 7 月 12 日从奥兰多飞往达拉斯途中

想起渥太华

题记：1984 年 3 月 7 日我到了渥太华，并在渥太华大学学习，一学就是四年。1988 年夏我离开渥太华去多伦多工作，后来又经常回到渥太华忙于博士论文的起草和答辩，直到 1991 年夏我来到温哥华。这期间，我经历了硕士和博士学习、温哥华工作两个夏天、回中国两个秋天以及几次爱情。

把那个春天
像扑克牌一样抽出
使陆地连接成大陆
好让思念也能稍作停留
因为纵然是风
也有疲惫的时候

在厚厚的雪地上
堆砌雪市蜃楼
好让一切白色的记忆
都让白色的风吹走
点燃火红的笑脸
把寒冷的冬夜暖透

你亭亭在冰河①上

①渥太华的里多运河据说是世界上第二最长的人造冰河，可用冬季滑冰之用，连接渥太华大学和卡尔顿大学。

宛若俯瞰一座城市的少女
倾倒一片不断的回首
即使没有惊天动地的坍塌
也有不是离别的离愁

那红色的毛线衣
裹着二十一岁的寂寞
你低头抚弄着分钟
仿佛一朵初绽的花朵
身上散发着青春
眼睛把故事述说
真的已经想到
二十年以后的结果
即使最意想不到的
也没有躲过命运的猜测

好长的时间和长廊
编排了许多相逢的话语
如果你能听见
那一定是风在传递

人也像河流
说走就走

2007 年 12 月 22 日于温哥华家中

我爱南半球

题记：地球的水域占地球表面 71%，而大部分水域在南半球。相对于北半球，南半球经常处于从属地位，不论在政治、经济、文化、历史、民族等领域。最近些年，随着经济全球化和信息化的推进，南半球不再遥远，也不再孤独，而是越来越占有中心的位置。2000年悉尼奥运会成功举办，2010 年南非世界杯顺利进行，2018 年里约热内卢将举办世界杯，这些都发生在南半球。中国女歌星戴娆唱过一首歌《南半球的冬天》。我来自地道的北半球，中国和加拿大。这次有机会见识我们美丽地球的另一半，真是莫大的欣喜。

你隐藏了多年的神秘

竟变成一直吸引我的惊喜

用心撩开你飘逸的面纱

展现的何止是惊世骇俗的美丽

用了许多南太平洋的波浪

才成就了达令港①唯美的阳光

仿佛一切都是为了爱

有爱的世界一定是天堂

飞过太多的水面

---

① 达令港（Darling Harbour），位于悉尼市中心，三面由陆地环抱，是休闲、观光、餐饮的必到之处。

才突现你广袤的土地
这里也是我们的地球
有些宝贝别处无可比拟

虽然不是在伦敦
却有一样迷人的海德①
人们开车走路的形态
与北半球如出一辙

好似海风故意挑逗长发
少女也执意盛开眼睛里的浪花
不懈的何止是一路的追求
还有你如诗如画的潇洒

这哪里是一座歌剧院②
分明是人类留下的又一处遗产
即使去了紫禁城罗浮宫金字塔
我也非常欣赏贝壳排成的表演

人们说你很久都在水中孤独

---

①英国伦敦市中心有一个著名的海德公园（Hyde Park），澳大利亚悉尼市中心也有一个同样名字、同样著名的海德公园。

②悉尼歌剧院（Sydney Opera House）在2007年被联合国认定为世界遗产。

我怎么发现你并没有丝毫的凄楚

如果从库克船长登陆算起[1]

你从此与红火的世界一起翩翩起舞

我刚刚来自北半球的寒冷

就立即踏上你绿绿的草坪

原来太阳把夏天移到这里

为的是让冬天不能蹂躏地球上所有的生灵

你用充满微博的笑声

陪伴准备了一生的行程

尽管有落地后唇与唇的接触

心与心也从未感到陌生

世界对于我们只有一个

我们必须学会珍重

假如真的给地球造成了伤害

至少我应该痛不欲生

2011 年 1 月 27 日在悉尼伍伦穆鲁水畔公寓酒店 410 房间

---

[1]据说库克船长 1770 年发现了澳大利亚。

冲上珠穆朗玛峰

题记：别说冲上去，就是爬上去，也是如登天般难。但是我和孩子做到了。我们乘着过山车，极速滑上了"珠穆朗玛峰"并又极速地倒车下来，全部黑暗，比受刺激犯了心脏病还难受。

做梦也没有想到
会登上喜马拉雅
想着那高耸入云的山峰
惊奇怎么会达到那么高的海拔

已经预料到了非常刺激
但还是感到从未有过的惊诧
瞬间从黑暗的谷底冲出
瞬间到达了从未到过的天涯

我早就知道了你的宏伟
却从未奢望来到你的脚下
如今飞驰在你的怀中
所有的语言都无法表达

你本来矗立在亚洲大陆的中部
却被复制在美国的佛罗里达

你的名字就是我无处寄托的乡思

可以是兴安岭

可以是天安门

也可以是珠穆朗玛

何时才会来到你的身边

看看藏羚羊怎样怡然地吃草

亲手抚摸套在脖子上的哈达

这是一个童年就有的梦想

它陪着我一天天长大

无论漂泊有多远

我对你的爱都无法自拔

2014 年 7 月 8 日在巴哈马群岛大卢卡约酒店 527 房间

伊萨夸之约

题记：华载着我来到华盛顿州的斯诺夸而米（Snoqualmie）瀑布。它位于伊萨夸（Issaquah）市以东，90 号州际高速公路北侧。只见深绿的山谷中翻出一缕白色的缎带，鸣响着永恒的水声，酿成森林遍布的山中最美的一道风景。我是昨天开着淡青色的克莱斯勒铂锐，沿着加拿大不列颠哥伦比亚省境内的 7 号公路，转 1 号高速公路，转 15 号公路，通过太平洋（Pacific Crossing）口岸，沿着美国的 543 号公路，转入 5 号州际高速公路，然后经过 405 号州际高速公路和 90 号高速公路，于下午 5 点 30 分来到位于伊萨夸的华的家。华知道我吃饭必有酒的喜好，在伊萨夸一共吃了三餐，喝了三次酒。席间我们从留学谈到土鳖、从诗歌跳到经商、从奥巴马飞到中南海、从人格播到忠孝、从美元升到了人民币，讲了很多、很深，听得很投入、很投机。

好似约了天上的雨

竟端来几种华盛顿州的啤酒

我们庆祝一种相会

就如瀑布在大地上行走

仿佛我们约了千年的青山

长出一片片松林

流淌四季不断的绿色

湿润了我们干涸的眼睛

即使没有隐晦的暗语

已经不能完全明白究竟

何况还有故意设计的歧途

所以只有时时守护着滴血的心灵

你用风暴中的丰田车划出山间的一条路

仿佛总结几十年得出的一条语录

我们一起升起春天的气息

宛如在麻木的生命中唱出亮丽的音符

其实我们完全像无风的山谷一样幽静

像没有瀑布的河流一样孤独

可你不羁的心依然悸动

我不安的眼睛还在上下求索

开发了几百年的北美大陆

竟然拥有太多别人的从前

而远在太平洋的另一边

却有崭新的风景不断涌现

一如用青春走出来的林荫道

心开始向来的方向飘

只是不知道你是否准备好了羊皮筏子

是否还记得月亮如何携着期盼

如何爬上故乡的树梢

不必等已经退役的中途岛号再次出发
火火的东方是最好的回答
君不见飞一般的火车
已经将中年的太阳吓傻

别再折磨已经不耐烦的时间
让一面面镜子看着我们可怜
没有长城的北美
如何能做我们期待的好汉

千万不要以为
远离了战争
我们就变得文明
看不见硝烟
我们就没有了战争

我们应该像毛泽东一样
放下幻想
准备斗争
好在一场没有硝烟的战争中
决定我们推动哪边的文明

2010 年 3 月 13 日晚于温哥华家中

游轮上的欢乐

题记：盼望了很久，今日终于登上你的甲板和房间。游轮上真是应有尽有，都是为了让人尽兴和欢乐。

今夜一切都醉了
心把海表现为收获
可海则敞开了胸怀
把心结成海的欢乐

随着笛声的响起
月光变得越来越皎洁
海面上的波光来自天上
而天上有月亮和星星闪烁

杯盏叮当奏出小夜曲
晶莹的眸子里荡漾着秋波
面对着吉他歌手的深情演唱
谁也无法抵御这迷人的夜色

船舷点燃了拉丁风情
甲板舞出海的壮阔
如果你陪伴月亮升起

我一定陪伴太阳降落

要知道是大西洋沉没了泰坦尼克
而此刻的游轮竟没有一丝的颠簸
举起干红一饮而尽
所有的幸福都不必再说

要多疯狂就有多疯狂
甲板船舱处处放歌
开动全部的感官器官
一定要留住此时此刻

2014 年 7 月 12 日在奥兰多国际机场候机楼

浮潜印度洋

题记：我们来到了巴厘岛的东海湾，根据导游亚双的安排，我们进行了水下深潜和水上浮潜。浮潜就是每人有一根呼吸管含在嘴里，另一头露出水面，然后在水下伴游各种热带鱼类。

游过很多的水
却没有这样陶醉
仿佛我是两栖动物
陆地和海洋都验证我的智慧

完全没有料到
会有如此斑斓的热带鱼类
在我的胸前脑后
徜徉出印度洋的美

真羡慕你驾驭着赤道风
在浪谷里不停地尾随
虽然总会有新的距离
打开的一定是崭新的心扉

让身体没入水下
洗掉所有的红尘和疲惫

我要吸入热烈的阳光
把受伤的身心重新抚慰

水花盛开的浮潜路上
我邀请了你来伴陪
这样可以避免在伤心的时候
看到对方脸上的眼泪

别人可以站在岸上
而我必须为你勇敢面对
因为你带来的不仅是梦想
还有魂牵梦绕的翡翠

2012 年 2 月 21 日从香港飞往北京途中

走进大阪城

　　题记：日本建国始于大阪城。大阪城是丰臣秀吉于 1586 年所建。1600 年爆发了德川家康推翻丰臣秀吉的关原合战。德川家康取得了完全的胜利，并建立了德川幕府，最终发动了灭亡丰臣的"大阪城战役"，于 1615 年灭亡丰臣家的统治，象征丰臣家族统治的大阪城，被大火燃烧。德川家康统一了日本，于 1616 年去世。

完全可以从此展开

大和民族的精彩

然而历史却转了弯

让世界都不再期待

统一了战国时代的日本

本来值得喝彩

却因为要迁都北京①的错误

导致丰臣秀吉的彻底失败

血洗了大阪城的德川家康

面对着庞大的中华不敢再来

卧薪尝胆了三百年

---

　　①丰臣秀吉说过："在我生存之年，誓将唐之领土纳入我之版图。"1592 年，丰臣秀吉出兵朝鲜，并扬言要迁都北京。

才在甲午年再次使坏

亚洲大陆富饶可爱
日本摆脱不了岛国心态
如果融入欣欣亚洲家庭
岂不让扶桑人个个开怀

这是一个没有定性的民族
如同不断左右晃动的钟摆
位于太平洋上的日本
如何才能投入欧洲的胸怀①

莫非这又是一场身在曹营心在汉
只可惜是一种无法实现的无奈
也许我们听不到日本人的呻吟
因为这毕竟是身体和身心的隔开

一如患了精神分裂症

---

①福泽谕吉，日本近代思想家，认为日本应脱离落后野蛮的亚洲，而与欧美列强为伍。"为今日计，我国不应犹豫等待邻国之开明而共同振兴亚细亚，不如脱离其行列与西方文明之国共进退；对待支那、朝鲜之法，亦不能因其为邻国而给予特别关照，唯有按西洋人对待彼等之法处理之。"

日本人分不清好歹
只有深刻地反省历史
才能驱散军国主义的阴霾

正如我们都知道三十年河东河西
二十一世纪对东方特别地宠爱
中国当然是这个东方的中心
阴暗的日本人感到不自在

中国越是宽宏自信
就越暴露出日本的狭隘
进入不了欧美又离不开亚洲
日本整整一个无目的的徘徊

徘徊久了就不叫散步
积攒起来的只能是无端的愤慨
加上军国主义的阴影
如果不加遏制一定会造成破坏

实在无法忍耐就不再忍耐
崛起的中国绝不允许日本胡来

2012 年 8 月 19 日夜在成田 Port Hotel 411 房间

再访尼亚加拉大瀑布

题记：带着北京来的霍伟生、周润平一行三人，又一次驱车从多伦多来到大瀑布。她仍像从前一样磅礴咆哮、吞云吐雾、气象万千。我们仍是那样渺小可怜、孤独无助、苦海无边。

一定要像你一样
用不断的咆哮证明自己的存在
在同一个普通的日子
迎接辉煌的岁月

你张开马蹄形的胸怀
将许多平坦的胸襟拥抱
在密密的云雨里
睁开眼睛的希冀
就像九天的长龙
吸吮人间的珍宝

上帝没有给我更多的时间
我只有利用太阳抛下的彩虹
涂抹明天的月亮
把梦变成临行前的一道永不褪色的风景

我也曾在山里呼喊

对着排成队的原始森林

雾霭是无力的少女

刚刚十点钟

就被惺忪醒来的太阳掠去

好潇洒的水鸟

竟能在瀑布前妖娆

唐明皇的贵妃娘娘

也会惭愧地谢幕

等于自杀一次

等于续生未遂

多少芸芸众生

追求有一次永恒

告诉他们

来尼亚加拉

拥抱并非永恒的生命

2008 年 6 月 2 日从多伦多飞温哥华途中

抚摸丹佛

题记：从西雅图飞往奥兰多的中途经过丹佛，引起许多断想。一则丹佛曾经是美国西部开发的重镇，直到今天我们还能从许多美国西部片中体会到十九世纪的丹佛。二则丹佛是美国矿业的首都，因为我的客户公司很多从事矿业，不少来自丹佛。

好一个原生态的西部
覆盖着发黄的泥土
经过许多年的想往
我如今来到了你的深处

一点都不陌生
尘土中的杀戮
英雄来自枪杆子
一身牛仔不必问出处

周围有许多耸入云霄的高山
派克峰上始终鸣响《美丽的亚美利加》的音符①
你也演示了真正的美国

---

①派克峰因美国音乐家李·巴德１８９３年在派克峰上谱写出动人的《美丽的亚美利加》乐曲而闻名于世。

存在本身就成就了高原之都

只要你来到了丹佛
一定会体验什么叫风尘仆仆
见了骑马举枪冲过人群的牛仔
你一定会惊吓得体无完肤

可这也是美国的精神啊
宁愿冒险绝不服输
为了正义可以两肋插刀
为了发财可以一切不顾

如今游弋的灯火巡视着城市
我骑马提枪嵌入屏幕
为了自己的野性和梦想
为何不披荆斩棘大刀阔斧

2014 年 7 月 19 日在温哥华高贵林伯克山庄

夜逛银座

题记：银座是东京最著名的高档购物区。街区霓虹灯闪烁、店铺林立、行人熙攘。逛这种街区，有两种购物方法，一种是实际购物，另一种是橱窗购物（只看不买）。我们基本上属于后者。光怪陆离和高尚典雅并存。

我早就听说过
日本有个银座
当你还只是一个名字的时候
世界已经给我展现了很多

所以今夜我来找你
为了让心灵再次开阔
因为世界可以很大
绝不仅仅是一个银座

闪耀的霓虹灯早就见过
繁华无法惊动平静的心魄
因为有南京路王府井的比较
走路或者休息都不再是漂泊

三十年前我曾经飞过
那时的东京如天上的银河

我的眼睛已经看不过来
因为到处都是从未见过的景色

就连一间门脸很小的餐厅
也把许多新鲜给我
如机器人一样动作的机场安检
同样是日本展现的现代化的成果

橱窗里的人头攒动
显得什么都琳琅满目
本应使日本从失败中解脱
然而没有伦理和正义的财富
会把法西斯如僵尸一样复活

只有从路过的行人眼里
我找到了夜逛银座的快乐
但心已经疲惫
尽管身体还在蓬勃

真的没有想到
这就是我感受到的银座
我想尽快离开这里
因为无法忍受对心灵的折磨

2012 年 10 月 11 日在北京站前麦当劳

梦在多伦多

题记：这是一个动感之城，充满了各种诱惑。在市中心的国际商用机器公司（IBM）大厦，我曾有幸在多伦多前五名的托利律师事务所工作，后来在约克大学法学院完成了法学学士学位。其中有一个来自杭州的她，聪慧美丽，迷人到了极点，语言、诗歌、音乐都无法描绘她的迷人。

凛冽的北风撕扯着梦

北方的春梦还未长成

滴成万年流淌的冰川

冻结少年的幼稚冲动

冲上三十二层的办公室

走完十四年大学的路

遥望一万五千里之外的雪乡[①]

珍藏四百公里之外的呵护[②]

第一次走入赶早的人群

[①] 多伦多距离中国大兴安岭有一万五千公里之遥，而大兴安岭也是中国著名的雪乡。

[②] 女朋友在渥太华学习，而我在多伦多工作，而多伦多距离渥太华有四百多公里。

一口气跑尽五个小时的车轮①

制作代表一个人的旗杆

用一瞬扛起永恒的乾坤

怎样地想怎样地梦

如何地苦如何地痛

阿 Q 完所有的精神

冰雪冻僵唯一的爱情

丰厚的雪季无法阻挡渴望的眼睛

缭乱的都市继续干涸期待的心灵

不要颓废不要虚度不要自杀

只有恬静只有文静只有安静

监狱里②的学习构筑了知识的黑暗

寻觅的目标渐行渐远

没有钱没有亲人没有一切

不是太阳不是月亮不是北斗的自己如何灿烂

浩荡的安达略湖使我思想枯竭

---

①多伦多距离渥太华有五个小时的车程，我经常往返于两地
之间。

②约克大学法学院的教室没有窗户，故被我们戏称为"监狱"。

悠长的 401 高速让我爱情日落

本来她应该滋润天空托起太阳

本来我可以酣睡可以放松可以憧憬

曾遨游的凤凰变成了候鸟

羽毛湿了也不肯游泳

任凭飘来的水滴将信心淹没

目光美丽了整个晚上

眼皮上下都捏出双层

纤细的腰肢如春雨中的苏堤

话语温柔了最严酷的寒冬

不想放飞春天的喜鹊

不想松手上天的风筝

不想错过今天再去寻找

不想粉碎白日里的美梦

2006 年 12 月 5 日从温哥华飞往北京途中

法国吻

题记：我在蒙特利尔一家叫做"French Kiss"（法国吻）的酒吧里，点了瓶啤，观赏男女辣舞表演，道具只有一把椅子，其余皆是人体。听过《过把瘾》的歌吗？当时就是这种感觉。此诗原载于2002年夏发行的《加华作家》第六期。

这里的夜
为欲望和啤酒点燃
醉着的眼睛睁开
彩灯下的顿醒
心上
幸好还有
一道唇边的红印
一直斑斓

还在继续
部分男人死了
烟雾仍在燎着饥渴
椅子都成了粉红色
女人的皮笑
散落在盘子边

即使活一千次

宁愿只有

冷风吹进船舱

甲板上只剩下桅杆

2000 年 5 月 13 日在蒙特利尔大陆宾馆 (the Continental Hotel)

一个中国人在东京听 Take Me to Your Heart

题记：在东京一个人吃晚餐时，看着过往的人们，偶得。此诗原载于 2006 年 12 月 29 日《环球华报》加华文学副刊。

就是这样
一个夏日的午后
一个中国人
在东京
听 "Take Me to Your Heart" ①

来往总是人群
各自都有去处
都有一个平凡的追求
或者一个飞翔的梦想

在俄亥俄②的俄巴拿 – 香槟小镇的酒吧
在湖北的宜昌西坝洲③的吃江鲶的餐厅

---

①丹麦男子组合 Michael Learns To Rock 的最著名的歌曲之一。
②俄亥俄州位于美国中西部。
③西坝洲是长江上的一个小岛，由桥与宜昌连接。这里盛产江鲶，用大火锅加辣椒姜葱煮，味道鲜美。

在东京千叶县①乡间的榻榻米式的小馆

都有这种可能

也许不仅仅是一种可能

世界变小

我贯穿其中

信息爆炸

我湮没无踪

人生如梦

我一直苏醒

2005 年 7 月 29 日从东京飞北京途中

---

① 千叶县位于日本东京近郊。

走过这白白的沙滩

　　题记：真不可思议，我竟然站在巴哈马群岛中的大巴哈马岛的卢卡约海滩上。最令人惊奇的是这里像雪一样白的沙滩，仿佛婚礼上新娘的婚纱，隔开蓝色的海水和绿色的土地。

走过三亚的沙滩

感觉天涯就在身边

紧扣着你的右手

心走得很远

月亮还是原来的月亮

黑色则不再构成夜晚

随着暗淡的

还有明天才升起的太阳

还有太阳下不再闪耀的脸

踏着巴哈马白白的沙滩

怀疑是婚纱在招展

谁都无法忘怀

一对新人捧出的浪漫

站在大卢卡约岛的岸边

怎么也体会不出到底什么是皎洁的夜晚

好像从前的日子都如海风

吹过之后只有形只影单

望着远方好像有很多话语

还未出口又全部折返

无知的海浪还在拍打着土地

也许真的走到了海角天边

不就是走完这一生吗

干吗非得缠绵或者纠缠

走到长城没有人夸奖

走到黄河心有不甘

2014 年 8 月 6 日在温哥华伯克山庄家中

墨尔本的唐人街

题记：从未以为在遥远的澳洲，会有如此繁华的华人社区。鳞次栉比的店铺，熙熙攘攘的人群，这是中国文化最鲜明的特征之一。因为中国的文化归根到底是人的文化，而人的文化的核心是人群的文化。我看看此地的华人，他们也望着我们，彼此都有心照不宣的同类感，都有相逢何必曾相识的意识。如果说英国文化是以地域为核心的文化，而地域文化的核心就是圈地运动，就是建立殖民地，就是同化和奴役其他民族；而中国人的文化则是心灵沟通的文化，是用人向内聚集的文化，而不是西方的以地域为核心的扩张的文化。

我们本来是同类

使用了祖先留下的同一种语言

可你却如迷失了母亲的孩子

在遥远的南太平洋存活到今天

街道刻下了祖先的容颜

你还是跟我们一样的脸

只是从你嘴里说出的

早已不是来自黄土地的语言

土著人早就生活在这片土地

欧洲人也在十八世纪开始了探险

四个轮回的季节里
没有你播种的春天

不是土地的主人
怎么能建立所谓的家园
构建再多的积木
也无法改变并不太远的从前

我知道这是一种状况
来自充满挣扎的昨天
我知道你还在不时地保持
祖辈们留下的许多习惯

尽管没有当面告诉你
我是远方的祖国带来的信件
当你在夜晚的灯下阅读时
总有丝丝温情飘洒在字里行间

你也许永远不会知道
我也一直等待被祖国发现
像你一样
我也需要来自家乡的温暖

2011 年 2 月 21 日从北京飞往温哥华途中

在西雅图体验自己

题记：自从十五年前从多伦多移到温哥华之后，我就与西雅图有了不解之缘。温哥华距离西雅图有两百三十公里，车程连通关也不过三个小时，也就难免居住在温哥华的加拿大人经常光顾她。她美丽而孤傲，挺拔在美国西北一角，俯瞰浩渺的太平洋和西岸的亚洲。西雅图在世界上以其三大跨国公司而知名：波音、微软和星巴克。一个城市有这些骄傲已经足够，而她还有更多，你的、我的、他的、她的、它的，等待你去发现和挖掘。

什么都可以变成波浪

就如什么都可以沐浴阳光

本以为会有不散的沙滩

因为里面透着你醉人的芳香

连接着土地的天空

也连接着人们和海洋

穿越森林

大雁把白云穿透

你亭亭地立在天边

把所有的遐想都带走

是你乘坐着波音[①]

---

① 波音公司是全球最大的客运飞机制造商。

132

用飞翔将世界的广袤查询

是你喝着卡帕奇诺①

用温柔把人间的美丽闪烁

是你守候着计算机②

用网络使距离不再产生孤寂

可以随时登上太空针③

在西北的森林里

窥探存放在太空的秘密

想用和煦的春风催开郁金香

浪漫是唯一的缺席

没有人告诉你

我会在西北的一隅

流连许多年

活像游向海里的三文鱼④

---

①卡帕奇诺是星巴克公司所煮制的咖啡的一种，奶油经过高速旋转剥离，然后加入咖啡。

②微软公司是全球最大的电脑软件生产商，其总裁比尔·盖茨曾是世界首富。

③太空针是西雅图的高塔，可以俯瞰全城。

④三文鱼，源自英文 Salmon，盛产于美国和加拿大西海岸。它生于河中，游向大海后在海里长大，四年之后，又回到产卵的河中，产卵后即死去。十分悲壮。在北太平洋的西岸，也有许多同类，当地称之为大马哈鱼。

直到四年洄游的时间
希望像蓝莓①可以向上生长
也可以在田野里泛滥

好像铺满山岚的道格拉斯松②
多么幻想有人光顾
哪怕是咸咸的海风

我死了
却通过你活着
活成了一座山
活成了一片海
活成了摇曳的街道
活成了你醉人的笑
是的
我死了

我活着
却在你身上死去
在青春里死去

①蓝莓是北美产的一种莓果，色深蓝而味甜酸。在北美的大平原上，有许多蓝莓园。

②道格拉斯松生长于美国西北和加拿大西部，树干挺拔直立，漫山遍野，非常巍峨，是建筑的上等材料。

在朋友的晚会中死去

在英雄的行列里死去

是的

我活着

2007 年 12 月 7 日从多伦多飞往温哥华途中

飞的梦想

飞越黄河长江

题记：三十六年前，我乘坐着慢悠悠的绿皮车第一次跨越了黄河长江，第一次体验了祖国的宏大和宽广。今天，作为一名身居海外的中国人，我乘坐时速 300 公里的高铁，又一次飞越黄河长江。心中还是荡起久久的波浪。

都说黄河来自天上
我乘坐高铁将您观赏
你用铜黄色的河水和泥沙
渗透出文明的悠长

你不经意的摆动
甩出九曲把中华大地流淌
又磨炼出许多英雄豪杰
直到今天还在把我们激荡

由于你的流淌
文明才源远流长
得到你的滋润
民族才得以兴旺

怎么和你亲近都不过分

因为你与母亲一样地久天长
看着那黄黄的水流
无法抑制心情激荡

在你下面不远的南方
还有一条同样伟大的长江
从格拉丹冬雪山出发
沿途抚育了中华的辉煌

即使多次来到你的身旁
每次见到你就热泪流淌
江中不断泛起的漩涡
就是我思念涌出的希望

2014 年 5 月 27 日在广州白云机场贵宾厅

情系满林

题记：2014年10月6日，毕业于1975年的满归林业中学的几位同学——李元培、白麟、胡良娥、高凤英、孙淑华、李宪臣、黄冬冬以及施柏刚在北戴河相聚了。这是三十年甚至四十年的第一次。同学相聚，感慨万千、欣喜万分。借用李元培创造的"满林"，写下此诗，聊以纪念。

梦见或者没有梦见

你都在我的梦里

不用轰轰烈烈

一定会惊天动地

泪水流出或者没有流出

你都在感动我

不必天天相伴

却也惺惺相惜

想起或者没有想起

你都在我的心里

没有波澜壮阔

却有千言万语

你浓缩起岁月的风霜

让闪烁的青春再次相聚
随着咯咯的笑声扬起的
一定是潜伏多年的话语

额头可以长满皱纹
白发也可以悄悄长起
无法改变的永远是少年的轻狂
和再也不能重复的足迹

有一种美丽
遇到青春才闪现
有一种智慧
只有年少才触及

为了准备这多年后的相会
我再次爬上了兴安岭的山脊
用眼睛囊括到的森林
复活我们冬眠的记忆

其实你们并没有走远
因为心灵从未有真正的距离
每人都捧着曾经许下的诺言
用生命演绎一串串惊喜

2014 年 10 月 10 日从沈阳北到北戴河途中

登临滕王阁

题记：由于上天安排的机会，我第一次来到了南昌，一座红色的城市和革命的城市。刘航小姐，一位刚参加工作不久的应届大学生，带我去了从唐朝就矗立起来的滕王阁，面对现代的南昌，面向一千三百多年的历史。

走进你的时候

我也变成了历史

变成了从唐朝走来的岁月

里面有泛起的乐舞

和一首未写完的七绝

望着一直北去的赣江

你长成了一座阁楼

好在一马平川的河畔

把矗立了千年的孤独不断地带走

当然我知道什么构成夕阳下的赣江

所有的江河上都有的粼粼波光

我也将心灵卷曲成一缕炊烟

升腾起想象了很多遍的大唐

那么多各种各样的果实

散落在华夏的中央

沿着历史的轨迹

走向世界的殿堂

如果一直辉煌

横竖都是道理

一如放荡不羁的青春

怎么走过都是一种奇迹

沿着夕阳的指引

我见到了久违的滕王

他把诗撒向天边

让思想一直默默地流淌

2015 年 12 月 22 日从北京南到天津途中

144

穿越秦岭

题记：这是一条横贯中国大陆东西的山脉。其实它不是最高，也不是最长，但却是最负盛名，原因就是秦岭南面的水蒸气遇到秦岭就回头南下，而北面干渴的黄土则只能望洋兴叹，或者望梅止渴了。而今我们一行从秦岭中间和底下穿过，从西南的四川进入西北的关中，进而驶向广袤的北方。

亘古了地质学上的冰川纪
我羞愧才第一次穿越你
活化石的银杏树叶
送给我绵延千里的记忆

你用擎天的手臂
截断南来的云雨
硬是让风沙肆虐的北方
变成干渴的土地

有谁知道你阻断的
不是一种惊世骇俗的美丽
恰如奉父母之命的婚姻
你就是那阻断姻缘的藩篱

也许我应该恨你
但我无法鼓起足够的勇气
因为你纠缠了我太多年
我已经变得没有脾气

随着隆隆而行的列车
我变成你身边不断响起的鸣笛
回荡在你深深的山谷
像青春一样回肠荡气

你应该更加伟大
我是你永远追求的少女
让我们颠倒一下南北
体验一次相会的惊喜

穿越你宽阔的胸膛
就如同穿越我自己
第一次体会到
你所展现的神奇

我宁愿是忠诚等待的牛郎
而你一定是高高在上的织女
我一生都在祈盼
出现彩虹桥的七月初七

在河西走廊的沙丘里
你保存了千年的敦煌古迹
行进在成都平原阡陌间
到处都有你留下的气息

你还孕育了一条不息的淮河
而自己则在滚滚红尘中销声匿迹
但连傻子都知道
河两岸刮着完全不同的风雨

果真遇上你这样的恋人
是我上辈子修来的福气
因为无论怎样
你都对我不舍不弃

2011 年 8 月 11 日从北京飞往香港途中

再访香港

题记：应好友丘立和新燕的邀请，同时也有两件公司的事务需要办理，阔别许多年之后，我又一次来到香港。本来在2005年时已经定好要来香港，遇事推辞。2007年和2008年又两次订了机票，结果还是浪费了机票而没有成行。这次我无论如何，必须下定决心来港。丘立是香港科技大学的电机系教授，而新燕是香港理工大学的中文、英文、法文三语教师，同时也是英国莱斯特大学（University of Lester）的在读博士生。到达当晚，我和丘立在科大的访客中心酒吧露天吧台坐下。面对清水湾的夜色，谈起了学术、人生、爱情和追求。第二个晚上，我和新燕在西贡的全记海鲜，点了带子和螃蟹，说到家庭、友谊、未来、哲学和伦理。

奇怪的是

我早已熟悉的街头

依然熙熙攘攘

跑遍几大洲

心中始终挂念我的香港

对比上个世纪的一多[1]

把七个流浪的孩子数一遍

怀着怎样的悲伤

---

[1] 闻一多于二十世纪二十年代写下了著名的《七子之歌》。

夜色无论多么妩媚

都不过分

因为爱你没商量

白天多么嘈杂

也没关系

因为你太辉煌

许多年前

你我邂逅在酒吧

满街的陌生

满载着我陌生的目光

经过许多风暴

尖沙咀还在流淌珠宝

铜锣湾就是天堂

2009 年 5 月 20 日乘香港到珠海的 ZH107 号客轮途中

小城之约

题记：内蒙古小城满归林业中学68届、69届初中的几位：傅继平、周加林、孙照民、黄巾巾，和75届高中的王振荣、胡良娥、白麟、李元培、郭永臣、海淑英、孙淑华、黄冬冬，加上几个孩子，在正月十二在涿州聚集在一起。其中经历了红杏生态园、小城故事、天外天等几处知名的餐厅的提酒，也歌唱了几个钟头，在永济公园，更是领略了千年的永济桥，以及贯彻始终的同学情谊和友谊。

小城每天都在悠闲
传递着像云一样的悠远
但正如流淌而去的小河
总有自己奔流的心愿

虽然没有飘在浮云的天空
却能感觉到升腾的鲜艳
在看到无限风光的时候
总会留下距离带来的遗憾

约会不仅可以在咖啡的婉约中
还可以来自已经逝去的青春
来自孩提时代做过的那些傻事
傻得让我们一直笑到今天

小河流成了现在的拒马河
过去的岁月凝聚了今天的相见
由于小时候的碰撞和玩耍
直到永济桥才觉得再见恨晚

当年谁也没有想到这是一场漂泊
把离别的日子变成一种期盼
直到多年蹉跎之后
我们才再次延续兴安岭的情缘

我们本来就是勾肩搭背
沿着满归小城的街道
哼起红红的"文革"歌曲
走得很远很远

2015 年 3 月 8 日在上海帝盛酒店 1613 房间

印象乌鲁木齐

题记：经过了十年，才又一次踏上你的土地，探访你捧出的惊奇。变化太大了，你宛如从一个村姑变成了亭亭玉立的少女，可贺可喜。

沿着长江路的台阶

我踏进红山公园的夜

灯火和心情都在阑珊

胡杨林在微风中婆娑

舞动起维吾尔哈萨克

连腰也成为扭动的音乐

如果还有谁怀疑夜的深度

请两颗星星把世界为他闪烁

原本是一个启迪和开化的地方①

却在阳光下不断地迁徙

并在一个长满青苔的午后

蒸发飘散着青春的泡沫

---

①在1949年前，乌鲁木齐叫迪化。现在台北还有迪化街。

我走过成为道路的河滩

总想打开尘封了很久的历史

总觉得其中有些未散的人气

还有一些还在连天的炮火

在突马丽斯①喧嚣的氤氲中

有谁记得这些和那些

只有已经碎了的马蹄声

还有成为没有任何痕迹的沙漠

我也想象自己就是一个跟班

围绕在被贬的林则徐身边

也许帮他打理文案

也许跟他一起把巴尔喀什湖以东的疆域思索

你可以模仿那位左宗棠

横扫天山南北叛乱的部落

你也可以跪倒在张骞的墓前

把流淌了千年的思念说说

可以做的

---

①突马丽斯大饭店是乌鲁木齐最著名的维吾尔餐厅，具有浓
郁的维吾尔风格，坐落在新疆民街、国际大巴扎。

还有很多很多

在这座离海最远的城市

也有一种迸发的蓬勃

2015 年 5 月 29 日从北京飞往广州途中

追求长春

题记：那是在"文革"的年代，我们准备从哈尔滨乘车去四平。但由于长春武斗，铁路封闭，所以我们乘巴士经过长春。那是第一次也是直到今天唯一的一次经历长春。长春是令人启发思念的城市，特别是对未实现的梦想，不断思念的城市。

直到托起白云

俯瞰无边的高粱地

我仍打量着斯大林大街①的宽度

用三十年前的印象

斯大林已经让位人民

新京②里的溥仪已经无影无踪

解放③嬗变出捷达和奥迪

眼球旋转在长影世纪城

一座秀美的城市

隐约她高挑的身影

眸子浮出唯一的浪漫

---

① 1949年后称为斯大林大街，现称人民大街。

②满洲国期间，长春曾改名为新京。

③解放牌汽车是新中国自己制造的第一款汽车，产地是长春。

长长的挑染如雾凇①

直率的话语直率的眼睛
一杯可乐想象到天明
你用手解开我的忧郁
仿佛大海在港湾里有了安静

走过午夜走过周末
候鸟和天空组成了家庭
如晚会的家庭更如烟
如雾凇的她更如梦

如何
到底如何才能留住这月夜
让她相信此刻的前站不是梦
让她不用变凉的话语
温暖还未冰封的憧憬

希望你是一盏没有灯罩的灯
我是松花江上雪花的飘零
当我融化成夜晚的泪水
也在你火热的躯体上得到永生

2006 年 8 月 7 日乘海航 HU7105 号航班从北京赴长春途中

---

①雾凇是松花江上特有的自然现象，发生在冬季。雾凇是一种附着于树枝迎风面上的白色的不透明冰面。

珠海的三条街

　　题记：应好友凡人的邀请，用了一个白天和两个夜晚游逛珠海。
在祖国的南边，南海的北边，有一座秀美的城市——珠海。她有碧
绿碧绿的山、湛蓝湛蓝的海、各种各样的人。入夜我们来到海鲜一
条街，熙熙攘攘的人群，还有活蹦乱跳却不知死到临头的海鲜，挤
满街道和旁边的每一间店铺。好不容易等到晚上九点，终于找到了
座位，叫上几瓶冰啤，吃上最最新鲜的螺，与我的老加侨在一起，
在五一的南国海边，谈论所有想要谈论的话题，这就是活神仙的时
刻。沿着挨着澳门的大街游车河和看夜景，真真一个惬意。在莲花
路，我们在一家露天吧台喝了些冰啤，与服务的海南来的谈了许多，
还听她清唱了几首歌。第二天上午，望着海湾对面的澳门，我们与
众多的游人一样，尽情地徜徉着情侣路，好一个名字，难怪路上尽
是些拥抱接吻的男男女女。那海湾，路边的椰子树，不时出现的礁
石，还有似雾似云的流动的空气，一切都是那么新鲜，那么浪漫。

这哪里是满街的海鲜

分明是鱼虾贝螺临死前的呐喊

对一切对环境的残酷

何时才能回到我和谐的自然

店铺已经打烊了好久

杯盏干尽了满天的星星

夜风梳理出绺绺的情感

不知是莲花多情还是街道留恋

让对对情侣尽情地缠绵

在初夏美丽的盛产浪漫的珠海的夜晚

她递过一扇轻风

把火热的南海染得火红

把爱扔到海里

让海潮激荡每一次冲动

管它星星爬上山顶

抑或山上长满星星

这么长的情侣大道

真正一个久恋的仿佛

一生可以走过风飘过广告和街角

为了一潭萍水

更为了一生相逢

多么弯弯的情侣路

一如多劫的恋情

总想将直那些争吵的棱角

希望雨后总有彩虹

更希望彩虹映出美丽的天空

天空中总会有你灿烂的笑容

南国的椰子树南海的风

如同绚丽的衣裳装扮的都市恋人
一幅幅如画的梦
但愿梦会飞翔
更但愿飞翔向着永恒

2007 年 5 月 3 日从广州飞往北京途中

香港的都市风光

　　题记：此次来港，带孩子游览了迪士尼乐园和海洋公园。我们住在香港科技大学，每天出门都会往返于港铁站和大学之间。所到之处，充满了城市生活的气息，透露着国际化的氛围，散发出东西方融合的文化。

不论从什么角度
也不论你怎样观看
香港都构成一道特有的风景
是东方之珠独有的璀璨

你明媚着每天的阳光
让春天成为你无限的畅想
那么多自愿飘落的梦
拥挤在湾仔的金紫荆广场

假如你从未理解逛街的乐趣
你一定会被旺角的东西迷住
因为回到宾馆闭上眼睛
还是像橱窗一样琳琅满目

仿佛所有的墙壁都是海报广告
不少的明星对我翩翩起舞

令我不断地停留回首
难道为了欣赏必须把心留住

双层巴士穿梭在楼宇间
无法停止眸子对街景的缠绵
不知道维多利亚港的海水
是怎样承载对天星轮渡的眷恋

排队等到了西贡提供的晚宴
让盼望已久的渴望终于实现
如果天天都是如此
我宁愿天天留在香港过年

其实美国也有一个最早的迪士尼
我还是玩出了大屿山独有的经历
忘记了时间忘记了外边
像孩子一样追上海洋公园的乐趣

每次离别都这样依依不舍
把下次来港的机会不断琢磨
你如一付不断射出的丘比特的箭
穿越隔开我们的时空
总是搅乱我平静的生活

2011 年 2 月 19 日从无锡飞往北京途中

天空中的江城

题记：为了与同济堂的老总张美华和符谨武谈判战略合作事宜，我于3月和4月两次来到武汉。这是一座让人可以创造故事、写意人生的江城。她既有鳞次栉比的从民国到军阀到日据到共和国的建筑，又有令人荡气回肠、滔滔不绝的长江、汉江。那些不论是从空中或从地下越江而过的桥梁和隧道，更是为她画上了一道道雅诗兰黛似的飞眉和唇彩。毕竟，我与这座悠久的城市结下了情缘和商缘，留下了回忆和祈盼。

也许是情定前世
更可能是命里注定
我一次次投入你的怀抱
体验苦辣酸甜的人生

你端来弄堂里的热干面①
让辘辘的饥肠立刻苏醒
又用一笼四季美②的汤包
勾出潜伏多年的馋虫

在武汉关的广场上

---

①热干面是武汉普通居民喜爱的小吃。
②四季美汤包是武汉著名小吃，位于江汉路上。

我分明看到了江汉工人在罢工

许多个林祥谦①和施洋②

在人头里攒动

九女墩③还在傲视着东湖

瞻仰的目光都化作太平天国的英勇

所有的耳朵都闻得

上个世纪那响彻武昌城的枪声④

从大渡河上的铁索⑤

伸展出大桥⑥的巍峨

南来北往的

何止是时时奔涌的江水和刻刻运动的火车

你用一湾月光下的湖水

映照羞赧的处女

---

①林祥谦是二七大罢工的领袖。

②施洋是当时武汉著名的大律师，为工人大罢工辩护。

③太平军占领武昌时，很多妇女参加起义，在清军于城郊疯狂
反扑中，有太平军女兵九人，不畏不屈，在东湖西北岸英勇抗击，
壮烈牺牲。

④武昌起义推翻了清朝的封建统治，开启了共和时代。

⑤毛泽东的《长征》诗中有"大渡桥横铁索寒"的诗句。

⑥武汉长江大桥是万里长江上第一座大桥，1957年建成通车。

将本来无序流淌的血液
变成无法抵御的爱情的衬托

好像十九世纪淘金一样
我来到珞珈山上
让积攒了二十年的求知欲
冲浪在你拥有的知识海洋

站在黄鹤曾落脚的地方
谁都会把心情和目光一起激荡
用最流行的微博语言
告诉你我来到了天堂

2011 年 5 月 5 日从北京飞襄阳途中

儿时的牙克石

题记：在牙克石林业小学，我开始了一年级。印象最深是班上有一个班长赵爱华，女的，还有曹国彦、纪群、刘浩赢、高娃等。常常在周末和妈妈、二姨一起去十个街区远的北头——姥姥家。在这里一直长到四年级。记忆中最高的楼就是林管局的五楼，据说是日本人建的。还有她的火车站，是特别的具有苏联的风格，很多燕子飞来飞去。

那样的街道和房子

如画出心情的牌击①和玻璃球

点亮了那时的礼拜天

围着妈妈和姐妹的日子

一觉睡去比谁都甜

晚饭后的黄昏

总有好多孩子藏猫虎②

直到大叫不玩了

才从杖子后爬出

---

①牌或片（读成 pia）击是小子们玩的游戏，即将抽完的香烟盒折叠成三角的牌击，然后卯好在地上，对方就如同打高尔夫球一样使劲就卯好的牌击扇反过来，就赢了这张牌击。

②藏猫虎是家乡的孩子们对捉迷藏的称呼。

经常给别人起外号
把多彩的童年颜色调调
滑着冰板③上学
想起小胖心里直笑

总是暗暗地在心里说出
在不该想不该做的年纪
没有谁告诉我什么是早熟
反正对班上的她喜欢不已

那时的天真蓝
冰冻的小城也显得温暖
童年永远停在这里
不论成年走的多远

离开的时候就如来的时候
直到多年以后
走过太多的山太多的河
我仍把你当作我的星球

2007 年 11 月 2 日与儿子黄朕从北京飞往温哥华途中

---

　③冰板是家乡一种木制的孩子玩具，也可以做交通工具用。它是将一块鞋子大小的木板顶上两条铁丝，上面将鞋子绑紧，这样就可以在街道上的雪地上滑行了。

结缘湖北

题记：从 1978 年 9 月上武汉大学起，我就与湖北结下了不解之缘。这些年，我去过湖北许多地方，襄樊、咸宁、黄石、东坡赤壁、宜昌、黄冈、鄂州，真可谓对湖北很了解。其实越是熟悉的东西、了解的地方、懂得的人，越是容易勾起我的思念。

可以负责任地说

我曾经多次在云梦泽里遨游

就如两千年前的三闾大夫

常在汨罗江岸行走

不管流水能否回头

也不论行云是否愿意叩首

青春引领一阵阵骚动

落脚在黄鹤曾经落脚的楼

没有想到可以如此放纵生命

以为自己是永远碧绿的春柳

经过一场轰轰烈烈

才知道没有什么可以天长地久

生怕失去你如水的眼睛

尤其在林荫路上那不时艳羡的回首
尽管隔着静谧的夜幕
我还是体验了最难挨的等候

本来可以上溯到峻峭的峡江
让动人的夜晚见证我们的自首
你说了什么我做了什么都不再重要
反正我走到天涯仍然无法放手

2010 年 4 月 27 日从襄樊赴北京途中

登上八达岭长城

题记：物理上长城是一段城墙，心理上长城是一段自豪和忧伤。登上最险峻的八达岭长城，验证了毛泽东的那句话："不到长城非好汉"。

阳光被折成弯曲的线
月亮惊呆成了弯弯的天
沿着中国北方的山岭和大漠
构成一种文明的蜿蜒

攀上你的石阶
就如走入云端
因为片片飞翔的云朵
围绕着你而悠闲

真是不可思议
你硬生生地矗立在山巅
这也就罢了
你还始于两千年前的秦汉

其实我不止一次地惊奇
从嘉峪关到八达岭到山海关

你纵横了几万里

为了不给历史留下遗憾

如果往山下望去

仿佛又弥漫着战争的硝烟

那是你成长的轨迹

是一行民族精神的沉淀

没有你

我们都十分渺小

有了你

我们可以立地顶天

你是生长在宇宙里的人造奇迹

像一簇梦想生长在我的心田

你雄踞崇山峻岭的英姿

构成了民族脊梁的经典

不论你距离我多么遥远

也不论我离开你多少时间

你还是亘古以来的模样

从未对我对自己失言

你存在的本身就是中华的符号

我们的心声也沿着你的骨骼呐喊

即使没有到最危险的时候

血肉也早已筑成你崭新的明天

2013 年 5 月 27 日于北京建国门外大街 18 号恒基中心办公三座 822 室

飞越内蒙古

题记：在其他地方旅行时，经常被问到我的出生地，我回答内蒙古。很多人以为内蒙古是荒凉、贫瘠、偏远的代名词。而出生在呼伦贝尔的我，则只有一次来过内蒙古的核心地区：呼和浩特和包头。又一次飞越广阔的草原、沙漠和森林。其实今天的内蒙古，是富裕、快乐和祥和的国土。

你横亘在北方

经常让我忘记了方向

因为你所指引的

总是超越了我最远的想象

你从东北伸展到西北

成为祖国坚强的北方

在侵略者来的时候

你一定是一道铁壁铜墙

仿佛一座天然的博物馆

你生长了绿树蓝天

让白云陪伴着悠闲的羊群

让草原一直延伸到天边

即使是那漫漫的黄沙

也显得十分的妩媚

因为从空中飞过的时候

分明看到翩翩起舞的黄龙

在祖国北疆翻飞

当然还有那连在一起的岁月

把干戈都化成了玉帛

不论是匈奴的侵扰

还是蒙古铁骑的进攻

都成了我们共同的章节

蓝天无论如何都是一种纽带

把弯弯的内蒙古像云一样串起

不论是东部还是西部

都有惊世骇俗的旖旎

有草原就一定有歌

一定有潺潺流水般的音乐

升华爱情和生命的

一定是熊熊燃烧的篝火

经过了几百万年的等待

才有了出头之日

当生活因你而更加美好
你却甘愿成为燃烧的蜡烛

让呼伦贝尔草原的白云
化作腾格里沙漠上面的雨滴
让大兴安岭森林孕育的绿色
把毛乌素沙漠洗礼

你是草原到森林的歌声
我是沙漠和戈壁的听众
在你蓝得透青的天下
有我深远的梦

2015 年 5 月 21 日从乌鲁木齐飞往北京途中

拜谒孙中山故居

题记：我们一行五人（黄安大哥、孟庆魁、姜源、姜——和我）在周日驱车来到了孙中山的故居，广东省中山市翠亨村。孙中山之伟大，在整个中国近现代史上，可以说彪炳青史，与日月同辉。而我们的敬仰竟是从瓢泼大雨中开始的。

这么大的雨
滂沱了一路的心情
划过车窗的河流
裹挟着檀香山的捐款
鸣响着武昌起义的枪声
哗哗地淌着
溢满心田

直到今天仍湿润着
土地和天下
使得我们这些后生
总在纳闷其中哪些来自中山

走进逸仙的家
没有一丝豪门的感觉
就是这么普通的故居

成就了民族的领袖

仿佛您登上了南天门

而我们都被您一览众山

中山始终没有走远

不信你看不断延展的中山路

它们不时响起民族的呼唤

而我们始终沐浴着博爱的阳光

在土地上生长了宏大的心愿

因为总会有一段属于我们的历史

任凭我们镌刻不灭的光环

即使在黑暗中的前行

你也出奇地耀眼

我们是幸运的大海

而你是指引我们的帆

2015 年 6 月 2 日从广州飞往温哥华途中

拜谒杜甫草堂

题记： 来到杜甫草堂，重温那许多脍炙人口的名句"会当凌绝顶，一览众山小"，"朱门酒肉臭，路有冻死骨"，"白日放歌须纵酒，青春作伴好还乡"，"烽火连三月，家书抵万金"等，使人崇高，令人升华，耐人深思。此诗原载于2013年4月3日《环球华报》枫林副刊。

为了一生中无法摆脱的跪倒
我匍匐来到你留下的草堂
如果不是亲眼所见
无法相信那些伟大的诗篇是从这里起航

假如有一句名扬千古
足以成就一个诗人的辉煌
而你那些至今仍无法超越的诗篇
充分证明永远活着的是思想

你把足迹留给这片土地
用智慧播撒人类的希望
并不长久的生命
却放射出恒久的光芒

我愿意成为绝顶下的众山

好成就被你一览的荣光

大小都无所谓

只要这种相会是应当

你也很想像官僚一样

充分放荡

却无奈被定居在区区草堂

唯有挥毫写就人生

涓涓出许多还活着的哲理

千年流淌

你任凭一些人的肉体冻死

又甘愿把一些人的灵魂送往天堂

假使《神曲》^①的鬼魅知道

一定会从九层地狱向往

借着你千古的名句

我选择像你一样流浪

世人最终会明白

什么是诗赐予的力量

---

　　①《神曲》是意大利诗人但丁的代表作，讲述了地狱和天堂的生活，表达了追求真理的理想。

只不过我确定了目标

流浪变成勇敢的远航

这得益于你的青春作伴

再远的天边也可以是家乡

2011 年 8 月 11 日从北京飞香港途中

重走丝绸之路

题记：沿着张骞开辟的道路，两千年后，我第一次来到丝绸之路。踏着汉代的青砖，登上唐代的城楼，捧着千年的黄沙，仰望着云端的祁连山，谁都会抑制不住发自血管里的激动。

如果不是有历史告诉我

怎么也不会相信黄沙

不会相信那些骆驼踩踏的印迹

会被记忆到今天

你太有才了

一边是戈壁

一边是祁连

你走出了一条河西走廊

剩下的只有惊叹

为了让我骑上骆驼

岁月竟爬行了两千年

就连水草茂盛的绿洲

都变成了难觅踪影的昨天

我真想带着一卷丝绸

只身离开长安
用积攒了五千年的思想
作为我最终的交换

戈壁就戈壁吧
下面一定有宝藏蕴含
你不见风中飞舞的黄沙
比浪花还要灿烂

这里同样是国土
注定要留下我的热恋
为了寻找故人
我一定要走出阳关

2009 年 9 月 24 日于天津海河假日酒店 1806 房

初访袁家界和天子山

题记：我、她、黄朕和黎祖槐一行四人在粟平的带领下，来到了张家界的著名风景区袁家界和天子山。乘坐了直通云霄的天梯，体会了仙境的感觉。

把我化作飞驰的光年
才能量出你地质的年轮
把你当作一生的约会
才能体会博大的乾坤

你为人间营造了世外桃源
而你却一直在进行水滴石穿的修炼
终于捧出了从侏罗纪带来的正果
让整个人类为你惊叹

犹如一直梳妆打扮的少女
掩盖起直到洞房才显露的秘密
你备好了所有的盘缠和行头
为了爱情勇敢地攀登搭着月亮的天梯

是谁的浓描淡抹
挂起了层叠的山峦

我也愿融入山的怀抱
变成一幅联接人间和自然的画卷

你太惊世骇俗了
让《阿凡达》带给世界疑惑
若不是视觉从梦中醒来
也许我也可以立地成佛

离开之前我还有一件事要做
把存于心中的爱情复活
因为我终于找到了可以承载美的仙境
就让不断涌动的话语变成爱你的承诺

2010 年 9 月 22 日乘 K268 次列车从张家界赴襄樊途中

造访青龙

题记：作为侨商合作发展秦皇岛行的首站，我来到了青龙满族自治县，参观了民族博物馆。奚国铁瓦乌龙殿的震撼，青龙河的缠绵，和祖山的隽秀，都令人惊叹，想要再次重返青龙。

世上除了叶公
没有人不爱真龙
如果还有疑问
一定要造访青龙

你不必骑着白虎来
只需还在
春天送来的绿色里
裹好朱雀和玄武
以备迎接扑面而来的真情

绝不仅仅是
把祖山重新摆好
让青龙河沿着记忆孤独地轰鸣
把所有经过的森林和奚国
都遗忘成千年的风景

如果可能

我一定走近那个娉婷的少女

用晶莹在眼睫毛下面的眼泪

滋润鸟儿留下的卵

把千万的宠爱都化作不落的歌声

月亮醒了

太阳用云朵揉着眼睛

唯有漫山遍野的葱郁

把未来像龙一样舞动

2015 年 5 月 10 日在秦皇岛大酒店 4004 房间

不能没有新疆

题记：阔别十年之后，我再次去新疆，十分兴奋。因为新疆给我的印象是不可磨灭的。我被那些太多的表象以及表象后面的内涵所吸引。

如果没有见过你
真不知道旷野可以无限延伸
天地可以在远山的尽头
弥合成擎天的昆仑

见过你的人
谁也无法否认
你广袤和富饶的土地上
哺育出几千万中国的人民

走过或者读过历史的都知道
发现和开发西域带来的兴奋
这是中国唯一真正意义上的探险
把富得流油的果实留给我们

站在西出阳关的路上
还能看到张骞西行时的车轮
只有这样的英雄

才值得像太庙一样永不沉沦

特别惊奇这么长的河西走廊
怎样刻录了千年的足迹
一队队骆驼
沿着太阳落下的方向
怎样渐渐地西沉

到达塔里木的时候
是谁第一个发现这是一个装载了太多资源的盆
又是谁第一次把高高的天池
从神话里向我们拉近

每次见到你如诗如画的山河
眼睛总会被什么湿润
如果这就是爱国
我愿意化作其中的精神

2015 年 5 月 17 日在首都机场二号航站楼南航贵宾室

冲过——福州

题记：来到福州，在朋友的建议下，我去了林则徐纪念馆，深为"苟为国家生死以，岂因祸福避趋之"而感动。晚上我们在闽江边，喝了啤酒，品尝了闽菜中的佛跳墙，并在夜色斑斓中观赏了闽江。一个人的时候，我散步到了乌江路，并在八一七路的广告板边逗留。

为什么你用二十年的青春

等待一个耄耋老人

等待一朵午夜时昙花的祈求

你呀你

真的不该咳嗽一声

不该让飞翔的海鸥在此逗留

而你只学会了怎么样把腐烂的记忆

用晨雾轻轻托起

什么都可以忘记

唯独

你要在太阳醒来之前

一定记得收起散落在梳妆台上的发丝

好让这次的经历不再腐朽

别告诉我什么是礁石

因为我已经在马尾与敌舰厮杀
已经把百年的记忆贴在了历史的伤口

如果我是闽江
我不会悠闲
不会在一幕幕懒洋洋的午后
把激情都沉沉地流去
让最后一次冲动也无法昂首

如果我不是闽江
不是像别离的木屑
踏着满江的浪花
随波逐流
我一定弓成一座桥
承受各种目的地行走

你凝固之前
我早已变成了一座丰碑
任凭西太平洋上刮来
一场足以让人记住的风暴
把半个世纪的渴望
全部湿透

2007 年 8 月 11 日从福州飞往北京

曾经的石家庄

题记：1986年夏天，经朋友王立林介绍，我乘火车来到石家庄并在华北烈士陵园与一位皮肤黝黑的姑娘约会，看是否可以擦出爱情的火花。还是单身汉的我，是许多朋友关爱的对象，与身体物理运动的同时，感情的折腾更是要命的。

把发黄的年代
用同一个躯体下载
不要随意删除
那些属于明天的记忆

让已经不是空白的你
走入破烂的城市
用渴望堕落的雨水
冲刷山城堆积的污泥

如果长江愿意
我许下一千只纸鹤
相信总有一只
可以撑起大海的承诺
使一直漂泊的思念
在海的两岸都能寄托

因为无论曾经的山或海
都没有太平洋宽阔

那些倒下的儿女
灸烤着庄上的土地
这里也有曾经的故事
热血再也不会流出激情

掠一把晚风吹拂游子
在尘土铺垫的马路上
向她讲起曾经的洁净
也许是路故意短暂
使我的热血无法沸腾
也许是你总在矜持
让炎炎的夏日逐渐冰冷

只有照片还记载着那次约会
透出二十年前的一段身影
曾经在梦的深处
压迫回首的冲动

2008 年 8 月 7 日从温哥华飞往北京途中

在连云港的企盼

题记：我又一次参加了中国侨联组织的为国服务志愿团，来到了连云港。这是一个不大的海滨城市，却有着深厚的历史，特别是她的石象，又是亚欧大陆桥的太平洋起点。

我从未感到云都在海上
而海总在追赶云边的天
总让我想入非非
如同岸一样的遥远

不仅是连着海的城市
不仅是连着云的港湾
透过八月密密的海风
你真的不知道
你耕种了跟海一样躁动的思念

使我第一次感受了连岛①的寂寞
海水朵朵飘出我的苦涩
难怪非得修建一座连接的长桥
望断花果山②

---

①连岛是连云港著名的旅游胜地，面向黄海。
②连云港的花果山，可谓名副其实，山上有各种异花奇木，飞禽走兽。

意盗五千年的蟠桃

竟然你没有想起是我

看到海带

才醒悟出你秀发的浓度

才后悔为什么没有冻结当初

没有把整篇整篇的遐想送到乡下

浇一瓢水

就算是孤独的早晨滴落的露珠

我惊喜

竟有一幕水帘

撩起绕月的山顶

把所有的凝望都变成始终升起的云层

以便俯瞰每一次

面对大海的放纵

再也不要酩酊大醉

不要把赌注都抛给不断变幻的钟点

使守候的承诺

变成永久的誓言

不要

千万不要

2007 年 8 月 21 日自连云港赴上海途中

无锡从我开始

题记：1995 年曾来过无锡，为了一个医疗轮椅生产线的项目。2010 年 11 月 17 日，我从上海又到无锡，为了现在的一个医疗信息项目。这次来无锡，总觉得这座城市有很长的历史，还很年轻，充满活力。所遇到的人也各有风采，非同一般。

学步的时候没有想过
是否会把驿站当成崎岖的路程
就连太湖里无拘无束生长的莲花
也不知是否能点燃天堂的宝莲灯

就在你不远的新区
其实就有人们创造的仙境
许多惠山泥人①的后代
正在把幸福的指数节节提升

你不用张开江南的手臂
就有江南的欢迎
我十分惬意你所有的时光
你欣赏我每一分钟

———————————————————

①惠山泥人是无锡著名的传统手工艺作品。

我们不是爱的情侣

却走入了你灯红酒绿的爱情

你向我盛开可以开放的鲜花

我送给你我所能搜集到的所有热情

我们必须走在一起

开始我需要的辉煌的人生

你一定为我骄傲

因为我为你摘取了最亮的星星

我会像黑海边上那位勇敢的年轻人

为你而死后再生

别问我从哪里来找你

千年的积淀已经让你成为我最美的梦

2010 年 12 月 22 日从无锡赴武汉途中

来自温州

题记：受中国侨联邀请，在 2003 年秋以"海外知名学者"身份访问了温州。留给我印象最深的要数温州市委书记在欢迎晚宴上讲的，"温州的文化是温州人的文化，而温州人的文化是走出去的文化，走出去的文化就是对外开放"。难怪现在可以从北到南，从东到西，都可以见到温州人的身影，见到温州人的成功。温州人，我向你致敬。自然中最令人难忘的是那座美丽且神圣的雁荡山。山上有一座大佛，十分高大巍峨。郁郁葱葱的植被使人觉得回归自然，分外欣喜。一年以后，一次私干，我又去了温州，并开始喜欢上了她和他，及每一个温州人。

汹涌了好多岁月

一直燃起希望的篝火

整理好一路上的思想

最终涌入你不断蒸发的泡沫

我曾经努力追赶你的故事

相信走遍世界的温州人

怎样把白天积攒成太阳的光辉

怎样走街串巷把鞋磨破

为了每个好一点的明天

忍受了不能忍受的折磨

一如铁棒可以是针
尽管脚下的路一直在蹉跎
你给我的那个东海边的夜晚
那个总是跃动的思想
一直活着

还要我再一次抱住
阻挡了路的橡树
好让叶子遮住你忧郁的目光
让轰然而塌的红晕
洒满赞助我们的每个角落

难道这是最后的晚餐
试图把月亮摘下
当成陪伴我们的红烛
因为牵起来的手
是在温州的唯一收获

不要随便向别人透露我们的承诺
连瓯海上的海燕都知道
这是他们自己铺垫的日子
真的不在乎风在耳旁的诉说

为了再一次巍峨

我可以爬上雁荡山顶

然后随你一起

在全世界的每一个有人的地方

坠落

即使不能开花

也一定要串根

争取在死亡之前

结果

2009 年 3 月 12 日从高贵林中心去水岸途中

二顾襄樊

题记：为了我们的项目，我乘车从北京来到襄樊。这是一座具有两千年历史的古城，一条妩媚的汉江穿城而过，将城市一分为二。这里曾是兵家必争之地，楚汉之争、三国鼎立的很多故事都发生在这里。尤其值得一提的是诸葛亮三顾茅庐，更是传为千古佳话。时光荏苒，人事变迁，好一番感叹。

你可以古老两千年

让白云尽情地悠远

而我必须抚摸你胡须一样的故事

好满足我敷衍了一路的心愿

我总想带着你的教诲

去海的另一边

播种你三国般的智慧

给漂泊装上故乡的罗盘

别再一次流动清澈的汉江

我们相约了入海之前的明天

你来时可以戴上含羞草

我一定在院子里和昙花准时出现

请了三次才肯出山
怎比人气汹涌的超级女生
即使无人邀请
她也一定自我灿烂

即使夜色还在沉睡
青春还遗留最后的火焰
你可以披上蜀绣的风衣
像孔明那样
指点剩余的时间

2009 年 11 月 4 日从襄樊飞往广州途中

单恋侗乡

题记：2010年4月，我与董东平、王林平和董超一行经过一夜的旅行，从张家界驱车四百公里来到位于湘黔边界的新晃侗族自治县。这座山里小城给人的印象好似一股迎面而来的春风，透亮。这里曾经是古夜郎国的地方。大家都知道的"夜郎自大"即是出自于此。三十七岁的侗族女县长张霞，令人难忘，使人神往。

做梦都没有想到

会神游到旖旎的侗乡

嘴唇已经无法表达

只有如滚珠的眼睛在遥想

从未污染的笑

在纯绿色的山里逍遥

随手捡起侗人放飞的歌声

水田邀请心田一起妖娆

伴着星星来的夜晚

你还在甜美的梦酣

沿着你弯弯的林子

我播撒从未有过的单恋

你用一曲辣辣的山歌

捧出侗族美女那无法抵御的火热

我干掉了盛满的甘醇

也种下了不知何时才有的收获

你驾驭着恬静的河流

把美丽的夜郎国守候

我一直想成为一名夜郎

不知飘飞的柳絮能否传送我的渴求

你如那位聪明的奢香夫人

耕耘着一方的乐土

我也想被逼上你所在的山寨

享受和土匪一样的幸福

2010 年 6 月 6 日从北京赴张家界途中

走遍珠三角

题记：经过将近十天的旅行，我把珠三角的主要支点城市又转了一圈。阳光伴随着雨水，绿绿的植被长在红红的土壤上。而在这祖国的南方，也忙碌着一群创造历史的人们。他们年轻、有理想、来自祖国和世界的四面八方。一幢幢楼房、一条条公路、一片片田野、一串串人们，这蓬勃发展的景象，深深地感染了我。

走进你的时候

你正在挥汗如雨

把红红的珠三角

染得碧绿碧绿

沿着南海的北岸

你隆起一片血色的土地

用年轻的芭蕉叶

仰望飞渡彩云的天宇

为了一个共同的未来

你把珠江不断弯曲

踩点成熠熠闪亮的博客

不断闪烁出一串串惊喜

我在白云山上
升起飘在三元里①的旌旗
经过一阵喊杀声
只有留在雨滴里的唏嘘

不列颠炮舰的隆隆声
早已变成香港地铁的节奏
里面蕴含着许多男男女女

我不愿翻看从前
不愿成为战火下的废墟
可你是土地熬成的历史
怎可以一夜之间
甩掉千年的记忆

我稍不留神
你就跑到餐桌上
把我变成你的小憩

2009 年 5 月 26 日从深圳飞北京途中

---

①三元里抗英斗争是 1841 年发生在广州北郊三元里的自发的民众抗英斗争，沉重地打击了侵略者，在中国近代史上占有重要的地位。

滢滢而下的泉州

题记：为了考察我们的合作办学，我们一行三人，葛长锁、赵宝茹和我乘飞机从北京飞抵泉州，住在华侨大学，并与华侨大学商学院的院长一起谈判关于设立中外合作学校的事宜。中国只有两所以招收华人华侨子女为主的大学，一所是位于广州的暨南大学，另一所就是位于泉州的华侨大学，令人赞叹不已。泉州的空气新鲜得让人打拳、让人奋进、让人重生。而她的历史，是那么的厚重。

无法向你讲述那个春天
怎样爬上我的眉梢
怎样把宋代创造的辉煌
在脚下的土地上继续

于是我摘取了出海的号角
背负着变咸的岁月
驶向另一个港口
没有人料到
竟成了今日的壮举

本来想在椰树下
傻想一个晚上
把几个明天全部用掉
以为这就是英雄的史诗

因为只有骄傲的舵手
才能赢得大海的敬礼

我可以编织一千年
如果你非要得到王子的童话
非要在一抹弯弯的月牙上
尝试解决自己

快帮我说出来
你这滢滢而下的泉州
用什么累积到今夜
夜色下的路上
撒下怎样的秘密

不要想在模糊的人生里
活出清醒的头脑
一如在混浊的泥石流中
无法留下任何痕迹

2009 年 3 月 6 日于温哥华宾馆

雨中天河

题记：2009 年 5 月 17 日从北京来到广州，并再次进入天河区。晚饭后，漫步在天河区的中山大道，从师大暨大到冈顶，望着满街的霓虹灯。在一注注车灯的照耀下，雨中穿梭的人们，像极了在夜和乌云遮住的天上的天河，在地上缓缓地流淌，衬映出广州的美丽，和雨中的天河。

二十五年前
这里只是农田
就如那时的广州
也还很腼腆

如果不是天天看着你长大
怎么也不能相信
这里曾是你成长的街区
是你玩耍过的花园

一如很久未见的小女孩
在这样一幕漆黑的雨夜
你撑起流花般的雨伞
婷婷如雨丝
斑斓着羊城的夜晚

你唱起天籁般的歌声

闪烁着明如天灯的眼睛

霓虹出五彩缤纷的天真

让从天河泻出的雨水

湿润干涸的天然

隔了四分之一世纪

曾在云中的白云山

遥望着香港

站上托福考试的云端

不用再告诉我一遍

天上也有一条河

隔开那对古老的情人

那或许是我儿时就向往的彼岸

你把我摇醒的时候

我早已徜徉在无际的天边

虽然你还没有飞翔的翅膀

我可以告诉你天上的夜晚

彩虹如何生长

我们怎样缠绵

2009 年 5 月 18 日从广州东赴九龙途中

雾漫天门山

题记：粟萍和我一起来到了世界最长的索道，张家界天门山索道共有 7455 米长，登上了海拔 1518 米的天门山。她雄伟峻峭，山中有画，画中飘雾，雾中有影。尤其是那山间栈道，其险峻真世间少见。那夹在两山之间的天门，如一通往天上的天路，令人有置身另一个世界的感觉。

你本来是遥不可及的白云
徒然希望把你挽留
不希望如剑一样的山峰
把你切割得无尾无首

此刻我抚摸你抚摸过的山头
真想和你一起自由
好不容易才等到今天
不想让你不流痕迹地溜走

君不见那婚纱遮蔽的山沟
时隐时现你少女般的娇羞
酒窝展开倾城的一笑
云里尽显你云一般的温柔

你翩翩地来到我们约好的栈桥
眼睛挑动森林一样的峰峦的锦绣
是你点缀了如此动人的山水
不然为何白云与我们一起悠悠

坐上缆车有通天的感受
横空伸出通向天上的山口
如果我随你走进天堂
千万别后悔在地上没和我分手

2010 年 7 月 18 日从北京赴上海途中

去天山

题记：2005 年 8 月 31 日和友人周立炎、陈功去天山。第一次看见如此广大的戈壁，和高山上如此秀丽的湖水，再一次感慨中国之大，新疆之美，中国不能没有新疆。

神如果去了
也一定会惊奇
偌大的山里
珍藏着怎样的美丽

到了戈壁
才知道什么是无能为力
到了天山
才领悟自然的神来之笔

宛如小时候的眼睛
永远有测不透的深邃
里面翻滚着
王母娘娘①沐浴的涟漪

①天山天池有王母娘足浴的传说。

有谁去过长白山

那里也有一个天池

玉皇大帝畅饮时

你可以登上云梯

2005 年 9 月 9 日从北京去北戴河途中

212

怎样体验徐州

题记：2006 年秋和 2007 年 4 月上旬曾两次造访徐州。第一次，我们一家驾车下午三时从北京长安街出发，经过京沪高速，晚上十一时半抵达九百多公里外徐州南部的县城睢宁。第二次，我出差经青岛、日照、连云港，来到徐州东边的县级市邳州。那是一座以铁血历史书写的英雄城市。其中最为当代人知晓的莫过于发生在 1948 年的淮海战役。在淮海战役纪念馆里，展品又重现了 60 年前的激烈战斗场面，感悟着人生的每一个阶段。

只有几米的距离

却相隔半个世纪

我来到的时候

你已经与大地一起安息

那每一座头像

都冒着硝烟

帽檐上的弹孔

来自呼啸的弹雨

真想跃入那个战壕

扣动三八枪的班机

撂倒一排勇敢的敌人

然后仍牢牢地守住阵地

实在可惜

我只能透过时光的记忆

体验你死我活的战争

起伏不再轰鸣的大地

即使在纪念馆里

也能感觉许多逝去的男男女女

他们掩埋了所有的爱情

就如掩埋一具具尸体

他们也曾有过笑容

有过不愿醒来的梦

不见那绿色葱葱的山野

是他们搭建的憧憬

流淌过血液的河水

一定会容纳我所有的泪

盛满月色的天空

绝不拒绝星星

因为星星就是永恒

2007 年 5 月 5 日从北京飞往温哥华途中

西安之旅

题记：2005 年 9 月 4 日从乌鲁木齐来到西安，与友人陈健看了兵马俑和华清池，车游了古城墙和大雁塔。无比赞叹中国的悠久文化和厚重历史。见的朋友有马骁、杨编辑等。他们通晓古今中外，活活的一群激荡着灵魂的生命。如果说北京的朋友都深谙领导的动向和红墙秘闻，天津的朋友会告诉你哪里的饭菜可口，广州的朋友非常注重如何赚钱，那么西安的朋友则开口必谈历史。

自己

话语

不是话语

是穿透时间的历史

歌

不是歌

是滋润心田的小溪

嘴

不是嘴

是痴迷身体的鸦片

眼睛

不是眼睛

是湮没明天的记忆

兵马俑

真的懂了
那一片裹着青铜色的废墟
蔓过青草葱葱
一个帝国的矗立

如同辉煌的一号坐骑①
挥洒着滴血的铁蹄
平原的尽头
还有山的屹立

华清池

那年那朵飘过长安的彩云
映出一段红男绿女②的故事
如镜的华清池
是他们相爱后的短暂休憩

但愿这是永远

---

①一号坐骑是兵马俑出土的秦始皇的坐骑，煞是壮观。
②唐玄宗和杨贵妃的爱情故事，家喻户晓，甚为美丽悲壮。

永远着一串欲滴的美丽

就像人生

真的需要一道惊天动地的奇迹

2005 年 9 月 16 日于温哥华家中

亲吻苏州

题记：2010年5月初，应加拿大好友提莫斯·希尔顿（Timothy Hilton）的邀请，她、黄朕、黄艳艳和我一行四人从北京来到苏州的太仓，并于5月4日游览了苏州的拙政园、留园和寒山寺。难怪从古至今，人们对苏州如此向往，对苏州园林如此迷恋，亲自见了之后，确实非同一般。

把大自然最醉人的景色
像仕女般地雕刻
就连北方来的皇帝
也会恋恋不舍

一如款款的石榴裙
摆动起千年的风韵
即使是不经意的行走
也会惊扰静谧的园林

到底如何构建了如此的山
让水在耳畔潺潺
花儿可以含羞也可以开放
你可以放纵也可以静观

好一曲弯弯的长廊
承载了许多如歌的愿望
就为了等待来自北方的爱情
你选择了在苏州流浪

如果说梦如人生
你就是我的梦
如果你不愿与我为伍
为何又让我与你邂逅在拙政

不要再告诉我
你还在为昨夜的风流窘迫
没有你哪怕是一次的陪伴
我注定要在天涯漂泊

想好了吗
我的
亲爱的

2010 年 6 月 6 日从北京飞往张家界途中

天上的九寨

题记：我们一行（黄钢钢、黄艳艳、她、黄钦、黄朕和我）来自三个（北戴河、北京、广州）不同的方向，相聚重庆、成都，又来到了早就闻名遐迩的九寨沟。如同千呼万唤的公主，九寨沟终于决定接见我们。如同新歌《忐忑》里的心情，兴奋而又不安，怀着莫名的期待。

本来是最普通的元素
经常糅合了飞扬的尘土
却在岷山的源头
与风景尽头的野花一起
流芳千古

就是这样的神奇
你从三千米的山巅起步
把流过的路径
涂抹上彩虹一样的颜色
好和满载情感的季节风
翩翩起舞

自由自在的高山鱼儿
得到了熊猫海母亲般的呵护

难怪你清澈得如此动人
原来山有山存在的理由
水有水透明的深度

岸上还在演绎出崭新的爱情
比花还卖弄风情的五花海啊
你可否体谅少女对你的向往
安慰因你而失恋的男人们的痛苦

真的想像珍珠一样飞流直下
为美丽再添一件绝色的衣服
别人看你顷刻间飞花四溅
只有自己知道什么是真正的粉身碎骨

你只是变幻了行装
继续从未动摇的奔向大海的征途
如同佛经里的涅槃
死亡后的重生是一种天堂的幸福

其实我走过你的每一个脚步
都蕴含着人间特有的某种庸俗
你用一面流动的镜子
照出我因你而生的孤独

2011 年 7 月 27 日在成都王府井百货星巴克店

恋上哈尔滨

题记：这里是雪的世界、冰的艺术。我们曾在2001年的隆冬时节来到这里。冰雪寒冷着，而她则欢快着。她是北方人，却有着南方人的细腻。她去过南方，但却保留着北方人的直率。我们戏剧性地邂逅、无言中分离。

刻意的等待并不能造就

万里之外的北国

就如同

永远的守候并不能成就

提前了许久的追求

这么白的街道

应该发生纯洁的婚礼

雪还没有融化的时候

至少没有污染零乱的情谊

你握住太阳岛①上冰山的一角

冰释从前一切的喧闹

载我去一个遥远的地方

---

①太阳岛是松花江上的一个小岛。歌唱家郑绪兰演唱的《太阳岛上》，使其闻名全国。

你也如一只求偶的候鸟

映照冰雕的彩灯
迷恋你飘动的围巾
让我寻觅飘落的雪花
用挂满霜花的睫毛

就是这样我们找到了冰
封存二十岁之前的倩影
等到夏天的肆虐之后
让雪花烂漫我们的天空

但愿
但愿这不是梦
或者
或者是梦的永恒

2006 年 7 月 22 日去北戴河途中

一个人绕着青岛

题记：又一次来到青岛，这座梦幻般的城市。青岛像一个永远年轻的少女，永远拥有迷人的魅力，即使在她心情不好的时候，甚至在她流泪的时候，也是如此。所谓魅力，就是神秘而持久的吸引力，而这吸引力一半是来自于被吸引方的欣赏。而这欣赏又是情不自禁，难以自拔。而我在诱惑之中，完全放松，靠着自己。

不仅仅有海
也绝不因为夜色缭绕
拉长本就很长的东海路
一个人绕着青岛

如果想是什么感觉
可用涂鸦染白月色
仿佛站在密密的林子里
抬起童年的眼睛
让美丽的夜增添羞涩

曾经在黑暗中追赶
明明是不退烧的魅力
经过山川和河流
如今竟不知曾经追了什么

你让我太有想法
一如她使我不能入眠
抚摸今夜的涛声
一如留着泪
掉进泥土
便无法离开混浊

谁也不知道为了什么
什么时候
我把历史煮熟
怀揣着你的余热
让我温暖整个寒冷的冬夜
直到清晨的时刻

就是靠着你
也不要以为我无法自立
为了路口的目标
忘记了周围的一切
你应该相信
这就是我想要有的拼博

2008 年 2 月 27 日从北京赴温哥华途中

访台山深井萌美坪

题记：2007 年 4 月 29 日随好友甄铮平去台山看望他父母。车下了高速公路后，便很快进入了田间和山间的乡村公路，不时会有狗哇牛哇鸡呀猪呀进入视线走上公路。比草还嫩绿的稻田、刚挂满新绿的榕树芭蕉树榆树柳树竹子、南国特有的民宅（窗户小双开门石头墙青灰色），一排排向后倒去。玩耍的小孩、牵牛喂草的农妇、驾驶手扶拖拉机的青年，时时散发着一种诱人的淳朴。在萌美坪，我受到了热情的接待。尤其是甄铮平的父亲，一个地道的村里人，用浓重的台山话口音，同我讲着比天书还难懂的普通话。但那一份热情，足足让我感动。临行前，他在门前的庭院上拥抱了我，并朝我的脖子亲了一口。我知道他是真心欢迎我来，真心不希望我走。望着萌美坪的方向，我鞠上一躬，谢谢。

祖国的南方

有许多这样的地方

即使我不能全都去过

我也会不断地这样想

萌美这个地方

有山有田还有海洋

早晨的一串欢笑

一直传递到晚上

天黑的时候

人们还在述说着美好的夕阳

黝黑浸透出一滴滴淳朴

雨水滴落所有的肮脏

为了伴奏人间的和谐

青蛙不停地歌唱

看到这美丽的景象

让我不断地想起祖国的北方

在南方温暖湿润的五月

雪花仍在漫天飘扬

还有渤海湾的北戴河

秦皇岛外打鱼船历经蹉跎

风中的白浪辉映风中的白发

讲述着陆地对大海的承诺

只有只有

不断地来到南方

不断剪断沉沦了一路的思想

我才能升华

飞上天堂

2007 年 5 月 1 日于佛山宾馆 1019 房间

吐鲁番之旅

题记: 2005年9月2日从乌鲁木齐到吐鲁番, 只用了两个小时, 足可见新疆交通的发达。钻进坎儿井, 唏嘘交河古城, 葡萄甜倒一个陌生的游子。

真真一个低地

比海还低一百五十四米

刚刚还是初秋的凉

此刻已是炙烤的火热

屁股大的地方

竟有几千口井

水冲绿了火盆

冲笑了葡萄的脸

两千年

六百种葡萄

如六百片绿洲

在西域的深处

盛开昨天

播种今天

灿烂明天

是埃及 巴比伦 或印加

记忆和眼睛

语言和黄沙

都在展示着尘封的历史

丝绸路上的男女

跟迪斯尼乐园里的情侣一样

也有七情六欲

炊烟浸泡着土地

年代是古城的画笔

可惜天地间

已没有去处

真想死去

2005 年 9 月 9 日从北京去北戴河途中

来自天府的声音

题记：在祖国的大城市中，成都应该是我最后到访的一个。她繁花似锦，街道整齐，一片繁荣。这里的小吃更是闻名世界。而人们对于生活的态度，也是难得的悠闲自得。

走在你的街道上
好像与贝多芬和肖邦在交谈
你跳动的每个节奏
都把川味飘得更远

穿越了许多高山大川
才一睹你闺秀里的容颜
来的都乐不思蜀
因为你实在有太多的亮点

难怪在两千年前的三国
诸葛亮在此把才华施展
即使实力雄厚的曹操
对西蜀也要刮目相看

两条 213 国道①的蜿蜒

使我无法控制奔腾的情感

假使大地再次抖动

挺立的一定是英雄的汶川

成渝线上隆隆行进的动车

带来了一个个惊人的感叹

我也要和天府的人们一起

一次次地攀上青天

走在总府路的天桥上

谁都会情不自禁地心潮泛滥

望着繁花的街景人流

谁能不羡慕这美丽的家园

随处都有的川菜小吃

令我放量大吃一番

你一路上展示的风景

让我不得不拥有你的信念

不断飘来的背影和长发

---

①一条是"5·12"地震前的老的 213 国道，一条是地震后新修的 213 国道。

让人忍不住回头看看

因为春熙路攒动的人头里

定有你窈窕的身段

第一次的匆匆造访

恰如少女的羞涩初恋

不信多年以后

我一定会和你一起等待月圆

2011 年 7 月 28 日从成都到北京西列车上

济南的天空

题记：应聊城市的邀请，我将为一个老总培训班作一场关于资本市场的报告，途经济南。汽车走了将近一个小时，才到达入住的宾馆。七年前我曾数次来过这座城市，曾在夜色的霓虹灯下徜徉。

好好的一座泉城

如何在一场秋后的夜色中

把接近她的夜色变得迷茫

宛如一枚游弋的夜明珠

不经意时便泄漏了某种高尚

曾经英雄如斯的街道

把树枝摆作乱乱的情绪

不停地讲给路边

不要以为眼泪就是无言的期许

再也等不到那年的春天

那凌乱了晚霞凌乱了头发的冲动

你挟起五月的骄傲

俯瞰明湖　泛起的心潮

你明明喜欢了

却仍矜持得像一尊木桶

盛满青春的血液

染红了思念也染红了憧憬

虽然

虽然我来去匆匆

那是积蓄了如黄河一样的感情

如果不信

你回访一下一路的风景

幅幅

都可以为我作证

如歌的今夜

可以长眠记忆的山谷

让欢快的鹅卵石挽起海的碧波

快快加入

加入这载着热烈

载着迷人的欢乐

你

整座济南城

还在等什么

2007 年 8 月 24 日从济南赴北京途中

雪山中的草原

题记：我第一次来到天山中的那拉提空中草原。这里渗透着来自天山的雪水、丰美的草场、翱翔的鹰和纯朴的哈萨克牧民。尽管是在初夏时节，由草原、森林、雪山、白云和蓝天而叠加出的彩色层次还是令人心旷神怡、流连忘返。

真的没有想到
雪山环抱的中间
生长出如此丰美的草原
把一双双普通的目光
变成带领身体的艳羡

最令人震撼的
莫过于连绵矗立的雪山
如同一排圣洁的使者
从天上来到了人间

生命如水的草地
随着阳光尽情地舒展
为了凸显雪山的巍峨
让碧绿像海浪一样缠绵

缠绵并不需要理由

不需要预先设定好方案

雪山和草地的交融

完全可以超越长征中的万水千山

有谁见过洁白的云朵升起

犹如娉婷如画的天仙

把你再冉升起的

一定是梦中的云烟

你也是经过了一个冬天的蛰伏

才获得了春天的青睐

才有了对昨天记忆的整理

因为谁都无法计算出明天

2015 年 5 月 21 日从北京赴北戴河途中

重游夏宫——颐和园

　　题记：昨日与家人一起重游了中国最负盛名的夏宫——颐和园。虽然经历了几百年的风雨，这座清代的皇家园林依然富丽堂皇，令人心旷神怡。

经过多年的风雨
你依然亭亭玉立
借着初夏的夕阳
再次探访你的旖旎

你披着一身清代的服装
光彩延续到二十一世纪
令今天许多堆起来的建筑
都显得有些苍白无力

妙趣横生的苏州园林
在颐和园里留下足迹
排着队欣赏的谐趣园
再次验证了皇帝的权力

并不很高的万寿山
俯瞰着昆明湖荡漾的心底

沿着粼粼波光的湖面
不得不领略这心旷神怡

穿越十七孔桥的下面
仿佛穿越了百年的历史
因为桥上当年走过的
或许是被囚禁的光绪

奈何一阵微风把脸扬起
不能不想起那个又好又坏的慈禧
从海军的舰艇上抽取薪火
令北洋水师在甲午海战中葬身海底

那飞扬的长廊上还在滴血
控诉太后的生活如此奢靡
假使褪色的椽子能够知道
早就停止抵御侵袭园子的风雨

腐朽的大清终于呼啦啦倾覆
美丽的夏宫还在傲然矗立
为了历史的缘故
你没有道德没有正义

2013 年 7 月 23 日在温哥华高贵林家中

238

梦想沈阳

题记：虽然来的次数不多，但沈阳给我的印象却极为深刻。古老的故宫、秀丽的南湖、成片的工业、熙攘的人群，还有许多第一，个人的和国家的、感情的和思想的。

像博物馆的壁画保留隽永的记忆
用海一样的波浪冲刷历史的污泥
机器早就响遍了大街小巷
楼房已经高高矗立了几个世纪

走进你
仿佛走进一个堆满生锈部件的仓库
除了锈蚀
还有并未远去的痛苦和脚步

我是杨家最后一个儿郎①
征讨千里在辽东战场
留下许多半边天
撑起佘太君②大宋的边疆

---

①宋朝的历史曾有杨家将的故事，千里征东，即与朝鲜进行战争。
②杨继业的妻子，在杨门女将中，地位极高。

当努尔哈赤①撞击长城的时候

我是军中的一员猛将

为了帝国恢宏的千秋

把故宫②建设得无比辉煌

假如我生在帅府③

会比汉卿④还纨绔

当九一八枪响的一瞬

决意把柳条湖的铁路⑤

用血泪重新修筑

当祖国在战后的废墟中呻吟

你撑起了工业的栋梁

为了重新走向繁荣

你选择了向世界开放

我是一个自由职业者

用多重的镜头打量着沈阳

---

①努尔哈赤是清太祖，清朝的第一位皇帝。

②沈阳故宫十分辉煌，仅次于北京故宫。

③帅府指张作霖和张学良的居所。

④张学良，字汉卿。

⑤日本关东军策划并制造了柳条湖爆炸案，炸死了大帅张作霖。

即使让我走遍每一条街道

仍无法捕捉你日新月异的模样

2006 年 8 月 9 日从长春飞北京途中

珠江之魂

题记：坐落在珠江之畔的广州，以其恢宏的气势、崭新的雄姿，快速行进在实现中国梦的路上。在观看了中国当代最伟大的导演张艺谋导演的《归来》，并参观了广东省博物馆之后，我与黄安、谭雅芬、黄钢钢、孟庆魁、姜源、勤勤等来到了号称广州中轴路的地带，并在星巴克小憩，体会良多。

行走在你如林的楼厦

仿佛走进了天堂般的繁华

完全超越了眼睛的极限

明白这仅仅是广州展示的天下

犹如曾经古董而又现代的明星

见到你总会有内心深处的喧哗

除了你携带的两千年古韵

你举手投足的每一个动作

都是一种自信的表达

特别想知道最初的五羊城

如何经过漫长的历史选拔

成为傲然屹立的祖国南大门

面对风雨欲来的东南亚

就连走路

我都在模仿你的姿态

不论阳光充沛的白天

还是灯火阑珊的夜晚

在你中间就是一种潇洒

和北国的大兴安岭相比

你带有花城散发的优雅

我行进在你的阡陌

仿佛沐浴着漫天飞舞的雪花

站在飘曳的椰子树下

感觉到你像樟子松一样挺拔

登上越秀山的山顶

好像站上了喜马拉雅

其实喜马拉雅也是珠江

珠江也是我梦中的童话

只有有了儿女的父母

才懂得什么叫做报答

去的时候如同来的时候

为什么眸子总流淌出泪花

望着或者想着你

因为你也代表祖国

代表苦苦思念的家

2014 年 5 月 29 日从北京飞往温哥华途中

遥远的满归

题记：我十一岁时随母亲来到满归，四年级。学制缩短，我也跳级到五年级。在班上一直个子最矮，一直排在第一排，一直受被扔帽子的欺负。而从六年级开始，我显露学习上的天才，一直在班上、在年级、在学校的学习成绩上排第一，并奇迹般地在七年级时获得了七门功课七百分的成绩。

刚刚飘落的雪花

爬上了眼睛头发树梢

视线抛上山顶

把云彩摘下

陪伴降落的雪花

我把小学走完

就像多年以后

火车先是隆隆地开走

然后如月夜的雪地一样寂静

我打开书包

翻开从课本中掉出的老师的话语

如花的同学

留下如花的记忆

风华的年代

考试了一生的期许

天天捧着骄傲回家

沿着山下的小河潇洒

用大字报书写的辉煌①

一直伴我到遥远的天涯

经常回到那个山脚下的家

看着一直干活的斧子和小车②

每当父亲把奖励给我

我便像兔子一样快活

年年变绿的林子

送走了我的童年

生长着许多理想的兴安岭

还能陪我走多远

2007 年 11 月 6 日从温哥华飞多伦多途中

---

①我的语文老师马广雪写了题为"黄冬冬同学是怎样学习的"
大字报（共七张），并张贴在学校办公室的走廊墙上，轰动一时，
成为小城里家喻户晓的事件。

②林区一直使用两轮人力车作为上山拉桦子的主要运输工具。

第四辑

诗的栖居

拥抱黄河

题记：傍晚，廖中坚、常援援和我一行，穿过熙攘的中山路，来到黄河第一桥：中山桥。望着汹涌而来的河水，心里泛起对祖国母亲的阵阵恋情。因为这些天来，我们一直在大巴上咏唱着黄河大合唱的曲子，从飞机上俯瞰着弯弯的黄河，心里一直想念着这条不朽的母亲河。

为什么一直魂牵梦绕

就像在黑戈壁里苦苦寻觅

虽然离开你很远很远

而你却总是流淌在我心里

如今我踏着你流过的足迹

望着河水我泪流如雨

即使我是一块石头

也被你冲成黄沙

成为承载黄色文明的淤泥

从你的漩涡中

流出了一个民族的历史

滚滚又涓涓的河水

孕育了两岸黄黄的土地

和永远繁衍的男男女女

你张开黄鹤一样的翅膀
飞出波涛吟唱的九曲
一如滔滔而来的黄沙
裹着一个民族的期许

望着中山桥的夜色
我开始拥抱脚下的黄河
月亮转弯的时候
我的灵魂已经升起

接受你冰冷的身体
抚摸着你哗哗的痕迹
不论我漂泊到哪里
你都是我的唯一

2009 年 9 月 25 日在天津海河假日酒店 1806 房

珞珈山麓

　　题记：三十四年前，我来到了武汉的珞珈山，与其结缘，一直魂牵梦绕到今天。不论是春季的樱花、夏日的荷塘、秋夜的桂香，还是冬天的梅红，都给我留下了难以磨灭的印象。这里是我实现梦想的地方，见证了一个人怎样练成太平洋。只有在这里，才能找到我的感觉，找到那份魂牵梦绕的故乡。毕业三十年重聚，同学从各个地方赶来武汉，让人充满了期盼。

没有人说得清楚

那是怎样的情缘

令我走了大半个中国

与你相聚在珞珈山

类似今天的超女

我们经过相当严格的海选

因为已经爬过地狱

选上就意味着一步登天

仿佛刚刚当上弼马温

天堂的一切都那么新鲜

终于熬成了齐天大圣

偷吃了蟠桃才知道什么叫神仙

由于有了登天的梯子
一切的一切都不再遥远
校徽闪耀着知识的魅力
青春在梦里也照样鲜艳

咀嚼着樱花开出的春天
披上琉璃瓦铸就的光环
我们得到了东湖的滋润
丑小鸭也长成天鹅一般

外面的世界很大
天涯的路很远
唯有你不断荡漾的秋波
让我一次次梦游珞珈山

离别的时候谁也没有想到
我们走到了海角天边
绕了一圈才知道
地球和人生都是一个圆

本来可以选择忘却
无奈却按捺不住不死的情感
掐指一算都不敢相信
我们已经分开了三十年

不论怎样计算

我们都不再拥有时间

如果未来愿意

我一定预留三十年后的今天

也许我们已经枯萎

但火热的心依然震颤

只要生命还在燃烧

不论在哪里都一定灿烂

2012 年 6 月 16 日在武汉丰颐大酒店 915 房间

戏弄周庄

题记：很久就知道周庄的大名，今日得以一见，果然非同一般。桥变成了路，而路上总有水播放的音符。对了，地球本来在太阳系里，就是最著名的水球。

不用告诉我你的来历
因为我早已对你着迷
经过阳光铺垫的石板桥
心已在你的波光里沐浴

如果不是观察得仔细
我真以为徜徉在威尼斯
可你为何在我的视线里回首
让我再次体验了如梦的惊喜

你简直就是一座水上宫殿
而我则嬗变成威武的玉皇大帝
我们共同找到庄上的王母娘娘
决心把爱情进行到底

可哪里来了数不清的仙女
演绎了中国的一千零一

我绝不忍心还活着

心一定和你们一起死去

你摇曳着水纹似的腰肢

欲滴的眼神灌满我的醋意

我可以今天走远

但你下辈子也休想离去

不要让我再傻傻地等待

徒然地衬托庄子外的爱意

别再用宛然一笑打发我

因为我会认真地当作再次见面前的别离

2010 年 7 月 18 日从北京赴上海途中

我也要飞天

题记：应中国作家协会邀请，我与加拿大华裔作家协会的其他几位同仁，一同观赏了举世闻名的莫高窟。其中最令人难忘的就是飞天的故事。那飘逸的丝带、优美的舞姿、祥和的表情、圣洁的心灵，都对我有着强烈的震撼。此诗原载于 2010 年 3 月第十一期春季号《文综》。

给我一双翅膀
我也要飞天
脚踏着望不尽的黄沙
从月牙泉走进鸣沙山

莫高里的姑娘如何懂得驾驭云彩
用一朵朵祥云挽住九天的飘带
两千年的风沙岁月没能挡住
你的美丽一直翻飞在沙海云海

不是黄沙不讲情面
而是因为我们与她有着不解之缘
除了孩提时代的飞翔梦想
我们仍是未展开的童年

我曾经多次看见

你羞赧的容颜

无须经过大漠上的冷风

我的心早已震颤

风可以刮走石头

心还是没有走远

飞到天上的时候

情还系在地面

即使没有翅膀

我也要飞天

为了你璀璨的美丽

我一定要追求到天边

2009 年 9 月 23 日在天津赛象酒店 717 房

千年的孔林

题记：从苏北回北京的路上，经过曲阜并与朋友霍伟生和周润平及司机走进孔林。如果说中国思想史有一条贯穿两千年的主线，一定有孔子创立的儒家学说。它影响了帝王，影响了百姓，影响了中国，也影响了世界。

林子
还是千年前的模样
人间
却早已历经无数沧桑

墓碑上
刻着昨天的辉煌
眼睛里
惊叹的泪水流淌

翻飞的蝴蝶哪里知道
泪花盛开出的祈祷
两千年前的思想
依然在夏日的黄昏里照耀

我翻开来时的路边

发现一路页页璀璨

一如看似无边的大海

总有通向希望的彼岸

我早已不是一叶孤舟

心里滚动着无垠的宇宙

行走在九月的曲阜

时时欣赏着我们蓝色的星球

如同有了精神的民族

奋力把美丽的梦想追逐

用一把和谐的钥匙

踏上走向世界的路

2008 年 9 月 11 – 12 日于北京建外新华保险大厦 1567 室

见证黄埔军校

题记：在姜原的带领下，我们一行（黄宇更、姜文国、黄钢钢、姜——和我）来到了位于广州东南方向，长洲岛上的黄埔军校旧址。望着灰色的校本部，一幅幅黑白照片构成的年代，令人浮想联翩。

珠江环绕的长洲
已经告别了历史的窗口
可土地永远是历史
不论你是否携带充足的理由

轰炸只能粉碎物质①
精神可以和将军们一起永久
硝烟虽然远去
热血仍在奔流

据说你是中国革命的摇篮
开放许多胜似春光的锦绣
为了推翻北方的军阀
国共两党开始第一次携手

沿着中山先生的嘱托

---

① 1938 年日寇轰炸了黄埔军校，校区建筑全部毁于战火。

年轻的师生汇入革命洪流

贺胜桥响起的枪声

把一个个吴佩孚统统赶走

为了抗击嗜血的日寇

戴安澜①长眠在缅甸的山沟

为了消灭扫荡的鬼子

左权②捐躯在太行山头

你送出了太多的优秀儿女

把灾难中的国家一次次拯救

你筑起了一个个民族的丰碑

像祖国的河山一样恒久

即使在物欲横流的今天

---

①戴安澜（1904-1942年），安徽无为人。国民革命军高级将领，为黄埔系骨干。戴将军曾参加北伐战争、保定、漕河、台儿庄、中条山诸役、昆仑关战役，1942年，戴安澜奉命率200师作为中国远征军的先头部队赴缅参战。1942年5月18日，戴将军在郎科地区指挥突围战斗中负重伤，26日在缅甸北部茅邦村殉国。

②左权（1905-1942），出生于湖南醴陵，黄埔军校毕业。中国工农红军和八路军高级将领。1942年5月，侵华日军发动五一大扫荡，左权于战斗中阵亡，时任八路军副参谋长。为纪念左权，晋冀鲁豫边区政府决定将辽县改名为左权县。

你还是那样一枝独秀

虽然第一次见你

却难以抚平不断涌起的浪头

你一直可以伟大下去

激荡的历史由你们铸就

在你汹涌的大潮里

我愿意成为汇聚你力量的涓涓细流

2012 年 2 月 20 日从广州东赴九龙途中

雨落张家界

题记：在经过两个月之后，终于又来到了张家界。董东平、王林平、粟萍和我一行四人来到了久仰的张家界国家森林公园，游览了黄石寨和金鞭溪。老天一直在下雨，好似从雾中滴落。此诗原载于 2010 年 11 月 1 日《张家界日报》第三版。

怎么流了那么多晶莹的眼泪
惹得大森林里的野鸟欢快地翻飞
为了隐藏你俊秀的面容
让团团的白雾像项链一样下垂

你携带着孕育了千年的芳菲
非要寻觅闪亮在银屏上的花蕊
恰好赶上一个润润的雨天
我只好爬上黄石寨向你谢罪

其实黄石不仅是一个寨子
而是我们的仙女从九天飘落
假若给你一条不需回复的短信
可否纪念我们未曾谋面的伤悲

虽然我未把你看全

却知道你引领我找到了高山流水
好在如画的山坡映透思想
让童年才有的快乐尽情地陶醉

你可以再次挽起梦想
让心开放缭绕的蓓蕾
好使积攒了整个白垩纪的美丽
在你的身上极致地发挥

如果你不想让我颓废
只有让我留住你传递的美
万一她随着雾霭散去
你一定到天边把她追回

2010 年 7 月 15 日在温哥华国际机场星巴克咖啡厅

投奔茅庐

题记：经过十个月的努力，我们来自北美硅谷的项目终于要在襄樊启动了。为了这一天，我们四位一起策划、起草、合计、讨论、论证、开会、演讲、出差等等，做了很多很多。我们一定要使这一国际一流的服务和技术在中国开花结果。

如果倒退两千年

也无法结成今天的缘

为了实现后半生的梦想

我们来自太平洋彼岸

被切割了几百年的磁力线

终于让我们来电

带上积攒的许多

身心都齐聚襄樊

曾经长久地安居曹营

心也漂泊在天边

美元英语没能留住

一直在心里生长的大汉

无法想象武帝怎样挥鞭

怎样把偌大的江山指点
如果历史学家允许
我一定像贾谊那样献言

从旧金山到西雅图到温哥华
电子般的隆中对在一幕一幕重演
即使没有孔明的助臂
我们也一定灿烂在汉江之畔

2010 年 5 月 18 日从北京飞襄樊途中

参访帅府

题记：帅府是沈阳的标志性历史遗迹。二十世纪东北这块土地上发生的许多重大事件都与帅府的两位主人张作霖和张学良相关。这里也演绎了令人惊奇的张学良和赵四小姐的爱情。如今参观这座充满神秘和历史的建筑，成就了我多年学习和了解东北历史的心愿。这与广州的大元帅府、南京的总统府、武昌的鄂军都督府在中国历史上都发挥了重要的历史功能。

绝不仅仅是一个帅府

你凝固的是整整一部史书

飞过的鸟儿都知道

这里是祖宗留下来的一片热土

从没见过土地这么肥沃

让这方百姓如此富足

满山遍野有大豆高粱生长

巍峨的森林在山岭中密布

铁矿煤矿如此丰富

还有四通八达的铁路

来自北方的熊罴和东方的鬼子

都对你垂涎万丈趋之若鹜

得到了朝鲜半岛还不够
所谓的皇国还要在满洲立足
打败了貌似强大的清国
侵占了垂涎已久的台湾澎湖

没有吞下辽东半岛的懊恼
全要由大败沙俄来弥补
日军横扫了中国的土地
无辜的百姓最终受苦

为了吞并富饶的东北
关东军自己炸毁了南满铁路
用偷运的大炮轰击北大营
铁蹄践踏了东三省的国土

大帅被日本人炸死
如今关东军又闹事在柳条湖
小日本的狼子野心
如司马昭的心再也藏不住

都听过《松花江上》
你可知道那是怎样的凄楚
逃离家乡被迫流浪
三千万同胞沦为亡国奴

为了挽救民族的危亡

张学良毅然挺身而出

逼得蒋介石必须抗日

于自己的自由全然不顾

卢沟桥头传来的刺耳的枪声

又一次暴露了鬼子的恐怖

奋起反抗的中国军队

给予了黑暗中的民族以巨大的鼓舞

走过十四年的抗战之路

站起来的中国如喷薄的日出

即使东洋的鬼子野心再大

也休想把强大的中国再次欺负

2012 年 11 月 12 日在温哥华大都会中心的章节书店中的星巴克咖
啡店

很久远的郑州

题记：很久以前的一个春天，我相信是1982年。为了大学毕业的实习实践，我们五六位同学从武汉被派到了郑州，在河南省图书馆工作实习。除了工作和学习之外，我印象最深的是旁边的一个旱冰场，那里每天都会有许多青少年在滑旱冰，不时会有搀扶着的学习者，还有阵阵的笑声。另一件一直存在记忆中的事，是我们经常吃的一种河南蒸面，现在想起来还香得我直流口水。那是些无忧的日子，最关心的是将来干什么和与谁在一起。

萦绕了很久很久的从前

怀揣八十年代的夙愿

没有任何想法的日子里

趁着年轻的年代

你可以沿着二七广场向南

我当然完全知道

即使是在和煦的春天

光是靠积攒的热情

也走不了太远

那时

春天的云朵很多

不知哪朵会令你鲜艳

那时

如果你抬头

又不知谁会俯瞰你俏丽的脸

什么都没有的年代

只有消费青春

把结晶的梦想

切割成血淋淋的时段

幸好我虚构了你

又一次梦飞到了彼岸

什么都可以无所谓

只要你是理想中的蓝天

没有你的陪伴

我也可以找到黄河

一展生命深处永恒的浪漫

直面滚滚的红尘

难道非要扬起中原的尘土

任凭春风在别的季节里泛滥

2009 年 3 月 13 日从水边站到高贵林中心站途中

理解唐山

题记：2007 年 10 月底应中国侨联邀请，我去了唐山两天。唐山有著名的开滦煤矿，是中国最早的中外合营煤矿。胡佛在任美国总统前曾在开滦矿物局任职。人们记忆中最深刻的莫过于 1976 年的唐山大地震。现在，由于曾妃甸的开发，唐山重新走进人们的视线。

经过好多年

才绕到你的墙角

才知道十九世纪时

你也曾如歌一样的妖娆

残废的瓦砾

如同残废的历史

经过整整二十年^①

你才重新站起

你挥舞着新的吊车

把一幢幢建筑重新长起

沉重的历史

如同沉重的土地

太多人在上面行走

---

① 1976 年夏的唐山大地震，死亡三十万人。

太多人在行走中忘记

埋藏千年的煤
烧起火一样的期许
贫弱的东方大地
燃起工业化的希冀

走进曹妃甸
托起一脉浅湾
长龙似的卡车如风
为了借用一座世纪的油田

一曲幽美的梦
托付给数过星星的开滦①
就像依然挺立的胡佛水坝②
将太阳过滤成月亮的笑脸

排成队的中国人
咀嚼起咖啡
多余的
还在自燃

2008 年 1 月 28 日在北京首都机场百怡咖啡

———————————

①开滦为中国最早的现代煤矿之一，美国第 31 届总统胡佛曾在矿上任职。

②胡佛水坝是美国科罗拉多河上的大坝，世界闻名。

和万里长城跳绳

题记：山海关和嘉峪关，从东头到西头将万里长城牵起。而我竟从2005年到2009年，登上长城的两座最重要的关隘，近看山河，遥看历史，感觉自己也伟大了许多。

你让山长出了脊梁
从沙漠走向海洋
背负起整个民族
铸就了两千年的篇章

你一边擎起如海的大漠
一边挑起如天的海洋
我们都是你中间的舞者
让太空观看地球的辉煌

你曾抵御过强敌
让英雄的血散落疆场
敌人也已经吸吮了你的乳汁
你是他们和我们共同的家乡

你用自己巨大的身躯
塑造出民族的坚强

走过血雨腥风的岁月

让东方升起不落的太阳

我本来十分渺小

却能站上你的肩膀

我到底伟大了多少

只有用万里长城来测量

我再一次成为好汉

放飞你送给我的梦想

我可以走遍世界

祖国是我永远的向往

2009 年 9 月 26 日于北京恒基中心办公三座 822 室

代跋：黄冬冬律师的心路历程

原载于 1994 年 4 月号《国泰电视》杂志

张妩丹

那天到 BC 大学一位朋友家参加聚会，当聊天的话题转到抗日战争和淮河战役时，坐桌对面的黄冬冬一下子来了情绪，一二三地分析起为什么国民党败在共产党的手下。

我一边听一边想，这个人的名字有点女性化，文绉绉的，像是从大城市北京或上海来的。

在他高谈阔论的当儿，旁人在我耳边悄悄说："他是 BC 省第一个拿到律师执照的大陆学者，刚开了自己的律师事务所。这可是个做学问的人，你说他这样学究气，能干 business 吗？"

我笑而未语。待上述关于历史的话题冷却下来，我便问黄冬冬是什么地方人。

他答："老家是中国最北边的一个县——漠河。"

这个地名引起了我的兴趣，特想知道他是怎样从漠河那样一个边远小县，一步步走到今天，成为大洋彼岸加拿大国土上的一名执业律师的。

一

黄冬冬生于 1958 年，从他记事的时候起，他的父亲就一直挂着"历史反革命"的牌子。他的父亲早年毕业于四平师范学校，后在中学教过语文、历史和地理。到了满洲国时代，他通过考试被择优录取当上了吉林省梨树县警察局局长，把治安维持得井井有条。谁知，他结结实实地成了一个"历史反革命"。

那时，黄冬冬上小学三年级，为班上六七个"黑五类"子弟中一分子。"我没有别的办法，只有暗中较劲，和其他人比学习！"

他的学习成绩从未低过九十八分。初中二年级时，他创造了轰动县城的新闻：七门功课的考试得了七个一百分。他的语文老师立即在校办公楼走道的墙上贴了四张纸的"大字报"，标题是："难道黄冬冬的脑袋比别人的多几条沟纹吗？"文中举例说，一次黄冬冬为了弄懂一个化学公式，曾特地在放学后跑到老师家里求教。文章结尾时说："黄冬冬并不比别人聪明，而是一丝不苟的精神使他的学习成绩出类拔萃。"

其实，黄冬冬的学习成绩优异还得益于他那后半生倒霉透顶的父亲。

父亲给他的最宝贵的财富就是丰富的历史、地理和文学知识。

从拿破仑法典到马基诺防线，从贞观之治到"一条鞭法"，都是父亲常往他的小脑瓜中灌输的东西。家里穷，睡觉的地方除了一张大炕就什么都没有了，唯一可以拿来消遣的是炕对面墙上挂着的中国地图和世界地图。睡觉前，父亲总要考考他某几个国家的地理环境、气候和特别的物产。长年下来，墙上那些花花绿绿的东西就全刻在他脑子中了。此外，父亲还教他如何作旧体的七言和五言诗（他现在常写的是新诗，发表在大陆、香港、台湾和新加坡的刊物上，还真的有那么点味道）。

二

那时，学习上的优势和"历史反革命"的父亲使他抬不起头——

278

这两件事给他十几岁的心灵填充了极大的不平衡。特别是有一年中国召开全国人民代表大会，一天晚上突然有几个荷枪实弹的工人民兵闯进了他家。来人气势汹汹，说是搜查搜查房间，看看反革命是不是要乘机闹事。

那伙人走后，黄冬冬抱着头陪着父亲坐在炕上，他百思不得其解。

这么多年过去了，他对此事仍记忆犹新。他说："那天白天我还和同学们一起跑出去宣传最高指示，到了晚上我一下子又成了敌人。"

1975年黄冬冬高中毕业了，同班同学大都被分配到知青林场工作，他因是"黑五类"子弟，连林场都不准去，只有在家待业的份儿。他觉得这个社会太不公道了。

他哭着对妈妈说："看来我只有两条路可以试一试了，当兵或上大学。"

他数次报名参军，但数次体检后都是因为政审不合格被刷了下来。于是他凭着对自己学习成绩优异的自信，在家等待着被推荐上大学。

在那个一切都错乱的年代，要当工农兵大学生也得先当上工农兵才行。结果还是姐姐帮他走后门，使他进入林场成为一名林业知青。他终于有了凭体力劳动挣钱吃饭的权利，决心干出个名堂来，将来转成正式的林场工人，就可以被推荐上大学了。

1977年全国恢复高考，漠河县也准备通过考试招一批县小学校的教师。黄冬冬所在的知青连推荐他去参加考试，并允许他考试前不用出工，在宿舍里温习功课。

他兴奋地埋头在书本里，一想到转变命运的时刻终于要来临了，浑身都是劲。

考试的前一天，他突然受到县里的毛科长的召见。毛科长说：

"经领导研究，你不适合参加这次选拔小学教师的考试。从明天起你就下地干活吧。"

"这是为什么！你能告诉我吗？"黄冬冬又惊又急。毛科长说："不要问了，这是组织的决定。"

三

"记得那天我又是流着泪回家的。我对姐姐说，我就是不相信世界上有这样不公平的事。难道爸爸是历史反革命，我也会把学生教成反革命吗？我要去找县政法书记评理。我姐的一位朋友劝住了我，说我不懂事，找来找去除了给亲人添麻烦，不会有任何用的。那年我十八岁，对自己的前途看不到一点光明。我满脑子想的都是这个世界太不公平了！"

黄冬冬一口气讲完了这番话，抬起头平静地看着我。我问："听说你一进武汉大学读的是图书馆系，为什么？看你这气愤不平的样子当上政治系或法律系才对。"

"问得好，"他回答说："1978年考大学时，我特想报政治系或法律系，但被全家人拦住了。他们分析说，学政法最危险，日后工作了动不动就会被打成反革命。还是学理工科或边缘学科，比如图书馆学什么的安全些。于是我的第一志愿就报了图书馆学系。当时全国只有北大和武大有图书馆学系。"

1978年夏，黄冬冬以整个黑龙江省高考文科总分第二名的战绩进入了中国华南最优秀的名牌大学武汉大学。

进大学不在于读什么系，关键是开拓一个人的视野，提高一个人的思想境界。对于一个摆脱了"黑五类"子弟桎梏，就此第一次离开了小县城的嗜书如命的穷孩子来说，武汉大学美丽的校园、教学楼和书籍浩瀚的图书馆，不仅使他如鱼得水，而且又重新激发起他埋藏了多年的抱负。

黄冬冬大学二年级时，武大作为全国教育制度改革的试点，开始采取学分制和双学位制，并恢复了停办已久的法律系。他毫不犹豫地又选修了法律系的课。

"我个人的生活经历中有很多的不公平，而要解决社会上所有的人所面对的不公平，唯有通过法律。此时，我的自学能力已非常强了。武大图书馆关于法律方面的书籍不多，特别是1977年以后的法律书更少。我分期分批地借出来，几星期就突击看完了。"

四

1982年黄冬冬从武汉大学毕业时，有法学士和文学士两个学位，同年他又考取了国家公派的出国研究生资格。1984年，他怀着走向世界的心情，进入了加拿大渥太华大学的法学院。

他发现自己从一个多数民族中的一员变成了少数民族中的一员；在这里的社会科学领域中，他原先在中国早已融会贯通的东西一概用不上了；虽说他的英语已经过关，但他感到自己仍像一个牙牙学语的小孩子，对西方社会中早已被人们假定了的常识和规则几乎一无所知，必须要从头一一学起。

他说："从我真正的文化年龄来看，我并不是孩子了。但我的文化年龄是打着中国那块土地文化烙印的，要经过一个融入加拿大社会的过程。而在这个过程中，需要改变的不是加拿大的本地人、他们的文化及语言，而是我们自己的文化、语言和自身。"

当然，身为中国人，他永远为此骄傲："我觉得中国人很了不起，能背着那么沉重的历史负担向前走。"

在渥太华大学法学院选修国际海洋法课程时，他得到过国际著名的海洋法学专家、加拿大外交部法律顾问兼国际仲裁法官 Donat Pharand 教授的悉心指导。黄冬冬在《中国南沙群岛和西沙群岛的主权之争问题》的论文中，提出了从海洋划界角度来研究西、南沙海域的主权划分问题。这篇论文在交给导师过目后，Pharand 教授提出了两点意见。他对黄冬冬说："不要忘记你现在是一位学者，因此即使身为中国人，也不能带有中国人的立场和先入为主的偏见。在第三个小标题下你提出了政治解决主权之争的方案，这是不妥当的。你是学法律的，任务只是从法律上做探讨，而不要牵涉到政治上的事。"黄冬冬说，他从导师身上学到了西方人治学的严谨，立场的公正，而法律就是要做到一丝不苟的公正。

目前，全世界的海域划界方面的争议共有四百多处。而"海域"又有领海、专属渔业区、经济区、大陆架、环保划分区、军事禁区、国际海底（蕴藏着大量的贵金属）和公海之分。黄冬冬的博士论文也是关于这方面的，题目是："中国和越南在北部湾的海洋划界"。文章从 1887 年中国满清政府同法国政府签订的中法停战条约中的北部湾划界问题追溯起。论文近四百页，现被保存在加拿大国家档案馆里。据说在北部湾海域的划界问题上，黄冬冬的这篇论文仍是目前最有权威的著述。

当然，黄冬冬本人并没有到过北部湾，他说："世界上许多地方我都没有去过，但我的心灵和思想早已访问过那里多次了。"

五

从学士、硕士到博士，黄冬冬把加拿大所有的法学学位都读了一遍。毕业后，他顺利地通过了律师资格考试，又曾在多伦多、温哥华的著名律师事务所做过多年的律师。到了1993年底，他终于开始把自己的理想付诸实践，办起了"黄冬冬律师事务所"。

他的办公室位于西百老汇街，目前已有个人、合伙组织、有限公司、商业团体、上市公司和跨国公司等六十多家客户，华人客户占了百分之六十。主要业务范围包括公司法、商业法、房地产法、外商来加投资法、股票证券法、中国大陆贸易和投资法等。

黄冬冬属于那种真的想在加拿大大干一场的人，但我了解了他的身世后，内心不免为他仍在中国边远落后的小县城的父母感到一些遗憾，他们该多么想亲眼看看儿子今天所做出的这一切啊！

"我的父母很开通，"黄冬冬说："当年我考大学时他们要我尽量往中国南部，也就是和北方完全不一样的地方走。我父亲说，无论天涯海角，只要你的才能获得发挥，就是做父母的最大幸福和快乐了。"

"你觉得只有在这里，你的才能才会发挥得尽善尽美吗？"我问。

"我是一名执业律师，我在加拿大多元文化的宪法原则下，至少可以发挥两方面的作用。从社会广义角度讲，我可为现行法制的完善争得社会和法律上的公平；从狭义角度讲，我可以为华裔人士争得在法律和社会上的公平正义。而我们正处在一个中国经济腾飞和中加交流日益广泛的时代，我想我会大有可为的，并愿意为此贡献自己的时间和精力。"

后记

　　正如我在《在西雅图体验自己》一诗中写的："我死了／却通过你活着／活成了一座山／活成了一片海／活成了摇曳的街道／活成了你醉人的笑／是的／我死了"。我是经过死后才又活过来的，才又发现了世界，原来还可以有真、有爱、有美。所以才有了"从心"走向世界的书名。劫后余生，人才懂得珍惜什么、什么时候珍惜以及在哪里珍惜。余生有限，人才知道什么是真诚、什么是浮云、什么是永久。

　　2009 年，受中国作家协会邀请，我与加华作协的几位作家同仁一起游览了北京和丝绸之路。在北京期间，与作协的肖惊鸿博士相谈融洽，并结为好友。在肖博士的推荐下，我与作家出版社的罗静文编辑相识。谈起出版诗集的想法，罗老师并不看好市场，因为诗歌的式微太明显了。在看了我的诗后，罗编辑认为诗写得很好，完全值得出版。特别感谢鲁迅文学院院长吉狄马加为本诗集封面题写了书名，还要感谢丁美编设计的精美封面，和秦悦责编的认真负责。

　　我的好友，作家、诗人和影视制作人，现居北京的加拿大华裔作家协会的汪文勤为《世界从心开始》作了序。她用隽秀的笔触和诗人的目光，描绘了我特有的诗意和灵动，凸显了跨文化的困惑和冲破困惑的语境。

　　这部诗集讲的是《漂泊的孤帆》（湖南文艺出版社，2000 年）诗集出版后的心灵历程，以及随之而来的各种人生的感悟和反省。

其中不少诗篇在小众场合下的朗诵也引起听众对世界认知的共鸣和心灵深处的反思，赞誉不断。在武汉大学法学院、深圳大学港澳基本法研究中心、燕山大学法律系、加华作协、加拿大华人社团联合总会、加拿大中文电台、加拿大 BC 省武汉大学校友会、温哥华中心图书馆等各种场合，我的感情和思想得到抒发和散播的同时，诗也还能被接受或者忍受，至少不会成为污染眼球和大脑的文字垃圾。

图书在版编目（CIP）数据

世界从心开始 / 黄冬冬 著. -- 北京：作家出版社，
2017. 10

ISBN 978-7-5063-9756-8

Ⅰ. ① 世… Ⅱ. ① 黄… Ⅲ. ① 诗集 – 中国 – 当代
Ⅳ. ① I227

中国版本图书馆 CIP 数据核字（2017）第 260639 号

世界从心开始

作　　者：黄冬冬
统筹策划：罗静文
责任编辑：秦　悦
装帧设计：丁奔亮
出版发行：作家出版社
社　　址：北京农展馆南里 10 号　　邮　　编：100125
电话传真：86-10-65930756（出版发行部）
　　　　　86-10-65004079（总编室）
　　　　　86-10-65015116（邮购部）
E-mail:zuojia@zuojia.net.cn
http://www.haozuojia.com（作家在线）
印　　刷：北京中科印刷有限公司
成品尺寸：142×210
字　　数：205 千
印　　张：9.5
版　　次：2018 年 1 月第 1 版
印　　次：2018 年 1 月第 1 次印刷
ISBN　978-7-5063-9756-8
定　　价：59.80 元